きみに言えない秘密があ

奎

キャラ文庫

この作品はフィクションです。
実在の人物・団体・事件などにはいっさい関係ありません。

目次

きみに言えない秘密がある

口絵・本文イラスト／サマミヤアカザ

きみに言えない秘密がある

1

ビジネス街に店を構えるカフェ『ライラック・コーヒー』は、今日も活気に満ちていた。

吉沢明日真は、コーヒーとケーキをのせたトレイを客席に運び、控えめな笑顔とともに供した。

「こちら、本日のおすすめ、スパイスとベリーのパウンドケーキです」

常連の女性客が、幸せそうな笑顔を向けてくる。

「ケーキもおいしそうだけど、明日真くん、今日も一段と美しいわね」

「なるほど、これが押田さんの職場の女性陣に大人気のギャルソンくんか。確かに男の僕でもドキドキするようなイケメンだね」

連れの男性客も、感心したような視線を向けてくる。

「ありがとうございます。どうぞごゆっくり」

明日真は謙遜も増長もせず、さらりと礼を言って席を離れた。

カウンターへと戻る間も、あちこちの席から視線を感じたが、もはや慣れっこだった。

高校卒業後に上京し、この店で働き始めてから丸二年。客から容姿を褒められなかった日はない。二年どころか、物心ついてからほぼ毎日、顔のことを言われてきた。

細くて量が多い茶色がかった髪に縁どられた、シンメトリーの卵型の顔。ゆったりと弧を描く眉。黒目の大きな二重の目。小ぶりでツンとした鼻の下には、口角のあがったハート型の唇。

母親譲りの自分の顔立ちが明日真はあまり好きではないが、人から褒められるのは百パーセント顔だから、容姿は自分の唯一の長所なのだろうと思っている。

姉妹店の巡回から戻ってきた女性オーナーの堀井が、明日真をしげしげと眺めながら言った。

「うちのユニフォームって地味すぎてスタッフの個性を消すって言われてるけど、あなたが着ると、むしろただならぬ美しさが引き立つわね」

明日真は自分の身体を見下ろした。グレーの七分袖のシャツ以外は、ネクタイもパンツもロングエプロンも靴も全部黒ずくめだ。

「美人って得ね」

「オーナーこそ美人です。アラフォーには見えません」

「ひとこと余計」

堀井は明日真の額を指先ではじき、ふとなにかを思い出した様子で、レジ横の引き出しから名刺を取り出した。

「これ、今朝裏口で渡されたんだけど。吉沢くんと話をしたいんですって」

名刺には芸能事務所の社名が印刷されている。

「いったい何件目のスカウトかしら」

堀井が笑いながらシャツのポケットに名刺を入れてこようとするので、明日真は苦笑いで拒んだ。

「捨てちゃってください」

「相変わらずね。胡散臭い事務所もあるけど、ここは有名どころよ？　うちみたいな店で働いてるより、ずっと稼げると思うけど」

「興味ないです」

無理矢理押し付けられた名刺を、ダストボックスに放り込む。

「まったく、宝の持ち腐れね。若いんだし、野心とかないの？」

「野心なら普通にあります」

「あら、初耳。どんな野心？」

「現状維持です」

堀井は呆れ顔になる。

「現状維持って。それ野心でもなんでもないでしょう。最近の子は無欲ねぇ。まあ、吉沢くんはうちの看板だから、現状維持でうちにいてくれるのはありがたいけど」

手を洗い、オーダーのサンドイッチを手際よくナイフで切っていく堀井のつむじを見下ろしながら、現状維持は最上級の高望みなんだけどなと、心の中で呟く。故郷の町を離れ、東京に出てきて二年。明日真にとっては夢のように幸せな毎日で、この幸せを可能な限り長く維持することが、明日真の唯一無二の願いだった。

『ライラック・コーヒー』の営業時間は七時半から十九時半までで、土曜は閉店時間が十七時に早まり、日曜は店休日。ビジネス街ならではの割り切った営業時間が明日真は気に入っている。

閉店時間を過ぎ、表の看板を片付けていると、ドアの前でビジネスマンらしき男が足を止めた。

「もう仕事終わった？」

「申し訳ありません。当店は十九時半閉店となっております」

言い慣れた台詞を口にしながら顔をあげ、男の顔を見て明日真は手を止めた。

さっき、常連の女性客と一緒に来店した男性客だった。

「このあと、ご飯でもどう？」

閉店時間をチェックして、待ち伏せしていたのだろうか。下心丸出しの視線を向けられて、明日真は動じることなく淡々と返した。

「まだ仕事が残っていますので」

「どれくらいで終わるの？　待ってるよ」

「すみません、明日の仕込みもあるので」

　適当にお茶を濁して店内に戻ろうとすると、腕を掴まれた。

「仮病でも使って、あがらせてもらっちゃいなよ。いい店知ってるんだ。うまいものご馳走するよ？」

　あー、面倒くさい、と内心思う。人生でどれだけの数の男女からナンパされてきたか覚えていないが、一度たりとも心が動いたことはない。

　プライベートなら無視するか蹴りでも入れているところだが、仕事中だし、相手は常連客の知人。波風を立ててはいけないことくらい、あまりかしこくない明日真でもわかる。

　どうやって追い払おう。店の中に招き入れて、オーナーにバトンタッチしようかな。

　思案していると、通りの向こうから大柄な男が足早に近づいてきた。ビジネス街では珍しいカジュアルないでたちの男は、明日真の同居人、田辺蒼士だった。

「明日真、仕事終わった？」

　ナンパ男の存在など眼中にない顔で、声をかけてくる。

「いや、まだ片付けが」

「じゃあ、中で待たせてもらってもいい？　……っとすみません、なにかご用でしたか？」

　大柄で無骨な容姿に似つかわしくない人なつっこさで、蒼士はにこやかに男を見下ろす。

「あ、いや……」

男は「じゃあ、また」などともごもごと口ごもりながら、立ち去って行った。

「またナンパ?」

蒼士が呆れたような声で言う。

「助かった。もうちょっとでキンタマ蹴りあげるところだった」

「そのきれいな顔で、キンタマとか言うなよ」

苦笑いする蒼士に、明日真は反抗期の中学生みたいに「キンタマキンタマキンタマ」と繰り返してみせる。

「ここ公道だぞ」

蒼士は噴き出しながらも、明日真の口を手のひらで塞いでくる。

「ゴリラ力で口塞ぐなよ。窒息死するだろ」

口どころか顔面全部を覆ってしまいそうな大きな手のひらを、心臓のドキドキと一緒に邪険に振り払い、明日真は蒼士を店内に招き入れた。

「あら、田辺くん。お迎え?」

堀井がカウンターの奥から声をかけてくる。

「こんばんは。終わるまで待たせてもらってもいいですか?」

「どうぞ。本当に仲いいわね、きみたちは。一緒に暮らしてるんでしょう?」

「ただの腐れ縁です」

蒼士に応える隙を与えずそっけなく返し、明日真は店内に掃除機をかけた。

自分のバイトや、資格取得のための予備校がない日は、蒼士はこうして大学の帰りに明日真を迎えに来る。

閉店後の片付けを終えると、明日真は蒼士と一緒に帰路についた。

隣に並ぶと、蒼士は相当に大きい。平均身長は充分にクリアしている明日真だが、蒼士のそばにいると自分が小さくなったように感じる。

毎日一緒に過ごしているから、並んで電車に揺られていても特別に話すことがあるわけでもない。それぞれにスマホをいじったり、ふと思い立って「夕飯どうする？」などと短い会話を交わしたりするうちに、マンションの最寄り駅に着いていた。

途中のスーパーで食材を買って、マンションに帰り着いた。

学生が暮らすには贅沢な2ＬＤＫの部屋は、蒼士が資産家の祖父から生前贈与で譲り受けた資産のひとつだ。

夕飯は焼きそばにすることにした。ダイニングテーブルの上に出しっぱなしにしてある、鍋と兼用の丸型のホットプレートでたっぷりの肉とカット野菜を炒め、麺を放り込む。

「ホットプレートって、神だよな」

麺をほぐしながら明日真がしみじみ言うと、インスタントみそ汁に湯を注いでいた蒼士がおかしそうな視線を向けてくる。

「なんだよ、それ」

「だって俺たちの食生活、ほぼほぼホットプレートで成り立ってるだろ？　朝はパンも玉子もソーセージもこれで焼けるしさ、お好み焼きも、ホットケーキも、冬は鍋もできるし、こいつにできない料理ってないじゃん？」

「まあ確かに便利だよな」

「ホットプレートを発明した人に、ノーベル賞をあげたい」

「そこまでか？」

「うん、そこまで」

　蒼士と一緒にいるとき、明日真は努めて馬鹿で能天気なキャラクターを演じている。放っておくとセンチメンタルな乙女になってしまいそうな自分を封じ込めるために。

　一緒に夕飯を食べて、順番にシャワーを浴びたあと、明日真が練習のために淹れるコーヒーや様々なソフトドリンクを飲みつつ夜を過ごすのがいつものパターンだ。

　それぞれ自分の部屋を持っているが、蒼士は大学や予備校の課題などもリビングにノートパソコンを広げてやっているので、明日真も眠るぎりぎりまでリビングで過ごす。

　どうでもいいテレビ番組をＢＧＭに、スマホをいじりながら、蒼士とソファでダラダラする時間は、至福のひとときだった。

　時々、スマホから視線をあげて、そっと蒼士を観察する。大きな手は、意外な器用さでパソコンのキーボードを叩(たた)いていく。

小作りな顔立ちの明日真と違って、蒼士の顔は男っぽく、どのパーツもくっきりしている。太い眉。力強い目元。がっしりとした鼻。意志の強そうな唇。

ガン見しすぎたのか、蒼士がぱっとこちらを振り向く。

「どうかしたか?」

訊(たず)ねられて、内心激しく動揺しつつ、気のない素振りを装う。

「横顔がゴリラっぽいなぁって思って」

「失礼なやつだな」

「ごめんね、正直で」

小憎らしい口をきいてみせるが、内心ではそんなことは微塵(みじん)も思っていない。男っぽいが、むさくるしさのない蒼士の顔立ちを明日真は気に入っている。

仕事で朝が早い明日真がソファの上でうつらうつらし始めると、蒼士がキーボードを叩く手を止めて、声をかけてきた。

「そろそろ部屋で寝たら?」

「んー、もうちょっと」

睡魔と闘いつつスマホをいじっていた明日真だが、やがてその手からスマホが滑り落ち、身体は隣の蒼士の方に傾いていく。

密着した肩から伝わってくる蒼士の体温が心地いい。

夢の中に半分足をつっこみながらも、完全に眠ってしまうことはない。

だって、眠ってしまったらもったいないから。

「しょうがないな」

やがて蒼士が苦笑いを洩らし、ソファから立ち上がると、支えを失くしてずるずると倒れ込んだ明日真の身体をひょいと横抱きにする。

遠のいていた意識が一気に覚醒するが、明日真は胸のドキドキを抑えて、眠っているふりをする。

ベッドまでの二十秒ほどの移動の間に、突然氷河期が訪れて、この体勢のまま永遠に氷に封じ込められてしまいたいと思う。

ベッドにおろされると、シーツがやけにひんやりと感じた。蒼士は子供の世話を焼くように上掛けを引っ張り上げ、ポンポンと明日真の背中を叩いて、部屋を出ていく。

一人きりの真っ暗な部屋で、明日真は詰めていた息をふーっと吐いた。

寝たふりをしていると、蒼士はよくこうして明日真をベッドに運んでくれる。

どこまでも面倒見のいい、親友。

でも、明日真にとって蒼士はただの親友ではなかった。

蒼士の体温は、明日真に、単なる安らぎ以上の熱をもたらす。

「蒼士……」

隣の部屋にいる本人には絶対に聞こえないように、吐息で狂おしくその名を呼んで、明日真は毛布の中で身体を丸め、下半身に手をのばす。

移動のための無害な抱擁ではなく、もっと淫靡に抱きしめられることを想像する。あの唇に触れたい。あの無骨な手に思うさま嬲られたい。

想像だけで身体は持て余すほど昂り、明日真は熱い吐息を毛布の中に封じ込める。

もうずっと、蒼士に恋をしている。

明日真の母親は若い頃、芸能界の片隅に身を置いていたらしい。演技力もトーク力も賢さもなく、あるのはただずば抜けた美しさのみ。主にグラビアの仕事などをしていたようだが、明日真を身ごもって仕事を続けられなくなり、相手の男にも逃げられて、田舎に戻ってきたという。

明日真が物心ついた頃には、母は夜の街で働いていた。

こういう生い立ちからベタに想像されるような「あなたのせいで夢を諦めた」などと八つ当たりされることもなかったし、逆に女手ひとつで子供を育てる愛情溢れる母親といった感じからも程遠かった。

母にとってなにより大切なのは、自分の容姿と、それをもてはやしてくれる環境だった。息子から見ても、母は美しかった。そして美しいということ以外、本当に何もできない人だった。料理もできない。部屋の整理整頓もできない。学校への提出物もまともに書けないような人。

明日真は周囲からことあるごとに「母親そっくり」と言われた。その言葉は、呪いのように明日真を縛った。顔以外取り柄のない、何もできない自分。

男子としては整いすぎた容姿は、ときに好奇やからかいの標的になった。

中学に進学して間もなく、クラスでも目立つ男子グループに教室で囲まれた。

『おまえの母親、キャバ嬢ってマジ？』

『ババアのキャバ嬢とかキモすぎるんだけど』

お世辞にもイケメンとはいえないニキビだらけの同級生の顔を見て、明日真は率直な意見を口にした。

『そりゃ、おまえらの母親には無理だろうな』

女々しい顔立ちの明日真をいじって恥をかかせようとしていたらしい彼らは、思わぬ反撃を食らって頭に血がのぼったようだった。

『おまえ、そんな顔して本当に男？　つくものついてんの？』

そんな台詞とともに、制服の上から身体を触られた。

『逆に胸とかあったりして』

無邪気な子供のいたずらを装えるギリギリの年齢。しかし自分の身体に触れる彼らの目に無邪気なだけではない獣じみたものを感じてゾッとした。

どちらかといえば勝ち気で短気な方だが、一瞬身体が固まってその手を振り払えなくなっていたとき、割って入ってきたのが蒼士だった。

『人の机の前でガタガタうるさいんだけど』

最前列にいた蒼士はゆらっと立ち上がると、明日真に触っていた同級生の手を乱雑に払い落とした。

蒼士の身長は、中一当時すでに百七十を超えていたと思う。体格だけでも相当な威圧感があった。

『どさくさに紛れて吉沢の身体を撫でまわしたりして、おまえらホモなの？』

蒼士の蔑むような口ぶりに、教室のあちこちからクスクス笑いが起こり、いじめっ子たちの方が逆に顔を赤らめるはめになった。

蒼士は面倒くさそうに続けた。

『噂話なら、俺の家の方が面白いよ。うちの母親、愛人だったんだけど、奥さんを追い出して正妻になりあがったんだ』

蒼士の父親が取締役を務める田辺興業は、地元では有名な遊興機器メーカーで、クラスにすごい金持ちの息子がいるというのは有名な話だった。

学年トップレベルの成績でありながら、蒼士はいわゆるいい子の優等生というのとは違った。遅刻もするし、授業をサボったりもする。大柄で顔立ちもいかつく、とても中学生には見えなかった。

田辺興業は、暴力団との癒着を噂されたこともある企業で、そんな風評とゴツいルックスもあいまって、蒼士は遠巻きにされる存在だった。

田舎の学校で目立つ者同士、その件でなんとなくつるむようになった。

あまりにも簡単すぎて自分でも認め難いが、明日真はその一件で、一瞬にして蒼士に恋に落ちていた。

いまどき、少女マンガのヒロインだってそんなベタな恋愛はしないと思う。だが、窮地に割って入って悪ガキの手を払いのけてくれた蒼士に、味わったことのない甘酸っぱい感情を抱いた。生まれてこのかた、唯一の身内の母親にすら、そんなふうに守ってもらったことはなかった。

自分がゲイかどうかなど、考えたこともなかった。

それまでにも、その同級生に限らず同性から性的な接触をされたことが何度かあった。トイレでいたずらされそうになったり、電車で痴漢に遭ったりしたこともある。同性からそういう対象にされる人間なのだという自覚はあったから、良くも悪くも自分の中で性差の敷居は低かったのかもしれない。

ともあれ理屈など後付けであり、ベタな出会いで単純に恋に落ちたというのが、ありのままの事実だった。

もちろん、打ち明けるつもりはなかった。あまりに陳腐な恋心が恥ずかしかったし、ことさらにそういうことを知られたくない年頃でもあった。同性同士という障害はもちろんのこと、自分の身の上と、大企業の御曹司である蒼士との立場の違いは、子供心にも理解できた。

とはいえ、友人でいる分には性別も家庭環境もさほど問題ではなく、いろいろな意味で凸凹コンビの二人は、親友として中学時代を過ごした。

学力的に見ても金銭的事情に鑑みても、都会ならば高校進学の時点で確実に離れ離れになっていたと思うが、明日真が育った田舎の町では、進学先は限られていた。

蒼士と四六時中一緒にいたせいで、なんとなくテスト勉強も一緒にするはめになり、生まれながらのバカだと思っていた明日真の成績も普通レベルにまであがり、蒼士と同じ地元の普通高校に進学した。

お金のかからない公立高校に進学したことを、母親は喜んだ。それというのも、その頃から母親は加齢により劣化していく容姿を気にして、収入のほとんどを美容整形に費やしていたからだ。

年齢から考えれば、その当時でも母は充分すぎるほど美しかった。だが母は、容姿の衰えを異常に恐れた。わずかなたるみにも、一本の白髪にも過剰なまでに怯える母の姿が、怖かった。

元々、男関係にだらしないところのある人だったが、少しずつつきあう男の格が下がっていくのが息子の目にもわかった。容姿の衰えのせいで、相手にしてくれる男のランクが落ちているのか、それとも美容にかける金をせびり取るためなら相手の格などお構いなしなのか。

高校卒業間近に、母親は亡くなった。当時軽い抑うつ状態で、睡眠薬を処方されていたのだが、薬を飲んで車を運転して、冬の川に転落した。誰も巻き込まなかったことが唯一の救いだった。

自分のことが一番の母親に、親らしいことをしてもらった記憶もないが、それでも唯一の身内の死は悲しかった。そして、晩年の母の姿は重しのように明日真にのしかかった。

見た目だけが取り柄という意味で、自分は母親と同じだ。生まれてこのかた、容姿以外褒められたことがない。自分もきっとあんな最期を遂げるのだろうなと思った。

母の勤め先の社長は、ホストクラブも経営していて、高校卒業後はそこで働かないかと明日真を誘ってくれた。

唯一の長所を生かせる自分に最適な仕事だと思った。若いうちはそれなりにやっていけるだろう。やがて歳を取ったら、居場所を失って母親みたいになるのかな。

そんな明日真を東京に誘ったのは、早々に都内の有名私大に推薦入学が決まっていた蒼士だった。

『もうこの町に身内がいないなら、一緒に東京に行かないか？　どうせ部屋が余ってるし』

思いがけない誘いに、明日真は飛びついた。

今度こそ、離れ離れだと思っていたのに。まだあと四年、一緒にいられる。

蒼士とは、育った家の格は真逆だが、世間一般のあたたかい家庭とは程遠い部分は似ていた。蒼士が誘ってくれたのは、おそらく似たもの同士のシンパシーや憐憫が理由だろう。

あまり家のことを語らない蒼士の少ない言葉から得た情報では、蒼士には異母兄がいるらしい。自分の母親が追い出した形になる前妻と兄に蒼士は負い目を感じており、すべての権利を放棄する気でいるようだが、両親、特に母親は蒼士に会社を継がせたがっているという。

同居にあたって蒼士が提示した唯一の条件は、仕事選びに関して、夜の仕事は除外して欲しいというものだった。生活サイクルが合わないと一緒に暮らしにくいからと宿主に言われれば、確かにその通りだと思った。

今のカフェを選んだのは、蒼士と休日が合うのが一番の理由だった。

明日真は給料の半分近くを家賃として蒼士に渡している。当初はいらないと拒まれたが、自ら不動産屋でこのあたりの賃貸の相場を調べて、その半分の額を負担することを申し出た。蒼士も最終的にはそれを受け入れてくれた。

金銭的なことだけを考えれば、もしかしたら安い部屋を探して一人で暮らした方が楽なのかもしれない。だが、蒼士と暮らせることは、何にも代え難い価値があった。いっそ、給料の全部を貢いだっていいと思うくらいだ。

もちろん、そんなことは顔には出さない。

中学校からの腐れ縁で、気が合うから一緒にいる、ドライでちょっと馬鹿な、何も考えていない友人というのが、明日真の演じる役割だ。まあだいたいはそのままだけれど。

先のことは考えない。考えたってなにもならない。ただ今、この瞬間の幸せを享受することだけが、明日真の人生のすべてだった。

2

明日真(あすま)のメインの仕事はフロアだが、その日のシフトや混雑具合によっては、コーヒーも淹れるし、簡単な調理もする。

「吉沢(よしざわ)くんずるいよ」

注文のラテを手早く仕上げていると、バイト仲間の専門学校生、木島美波(きじまみなみ)が口を尖(とが)らせて覗(のぞ)き込んでくる。

「なにが?」

「バリスタ希望の私より百万倍ラテアートがうまいとか、ありえないでしょう」

「別に普通でしょう」

「ホットケーキだって神がかった焼き上がりだし」

セルクルを使って焼きあげる分厚いホットケーキとラテを、明日真は自ら客に運んだ。

サラリーマンが客の八割を占める店では珍しい、高校生か、下手をしたら中学生と思(おぼ)しきカップル客は、明日真が特別に小鳥とクマを描いたラテに笑顔で目配せをしあっている。明日真が「どうぞごゆっくり」と会釈をして席を離れると、早速スマホを取り出して、テーブルの上を撮影し始めた。

「さっきまでめっちゃドキドキ感漂ってたけど、吉沢くんのラテで雰囲気和んだね」

美波がにこにこと囁いてくる。

ほぼ一日中賑わっている店だが、ごくたまに、たとえばざわついていた教室がしんとなる瞬間のように、ふっと客足が途切れることがある。今はまさにそんな一瞬で、堀井に促されて、明日真は美波と一緒に昼休憩に入った。

控室で賄いのサンドイッチにかぶりついていると、堀井がコーヒーを三つ持って入ってきた。

「ラテじゃなくて悪いけど」

「いえ。俺ブラックの方が熱くて好きなので」

「あ、ラテアートの魔術師のくせに、へそ曲がり」

美波が口を挟んでくる。

「オーナー、吉沢くんってずるいと思いませんか？　男のくせにこの美しさだし、ラテアートうますぎるし、ホットケーキ焼くのもうまいし」

ホットケーキと聞いて思い出す。

「でも、うちのホットプレートで焼いても、店みたいにうまく焼けないんですよね」

堀井がしたり顔で頷く。

「家庭用のホットプレートだと、店のような仕上がりは難しいわ。重さのある鉄のフライパンで試してみて」

「いや、俺、ホットプレートしか使わない主義なんで」

「なによ、その変なこだわり」

美波が噴き出す。

「そういえば、今いらしてる若いカップルのお客様、初々しくてかわいいわね」

「あ、やっぱりオーナーも気になってました？」

「うちは若いお客様は珍しいからね」

「まだ手も握ったことないって感じでしたよね」

「そうね。私にもあんな時代があったなぁ」

「えーっ、今や会ったその日にお持ち帰りのオーナーにもそんな時代が？」

「ちょっと、美波ちゃん、私をなんだと思ってるのよ」

「リスペクトですぅ。オーナーは大人の色気があって羨ましいなぁっていう。私なんて、いまだに手を握り合う相手もいないんですから」

二人のかけあいが軽妙すぎて思わずふっと笑ってしまう。

「吉沢くん、なに笑ってるのよ。モテ男の余裕？」

「そんなんじゃないです」

「まあ、手も握れない初々しい十代の気持ちなんて、吉沢くんにはわからないでしょうけど」

「わかりますよ」

考えるより先に、口を開いていた。

「え、どうわかるの？　具体的に是非」

美波に食いつかれて、うっかり口走ったことをすぐに後悔する。まさか、同居中の片想いの相手に中学生みたいにドキドキしているなんて言えるはずもない。

堀井にまで先を促す視線を向けられ、明日真は無理矢理返事をひねり出した。

「中三の最後の席替えのときに、若い女性担任が、好きな人同士でペアになっていいって言い出して」

「ファー！　なにそれ、めっちゃアガる！」

「それでペアを組んだ順に手をつないで着席するっていうことになったんだけど、みんな照れちゃって、指先が触れるか触れないかっていう距離感だったなっていうのを、思い出したって話」

うまくかわせてやれやれと思っていると、堀井が身を乗り出してくる。

「吉沢くんと並びたい女子が殺到して、大変だったんじゃないの？」

「いえ、誰にも声をかけられませんでした」

「またまた、冗談ばっかり」

「あ、でもちょっとわかる。吉沢くんイケメンすぎるうえに、愛想ないから、近寄り難かったんじゃない？」

美波がしたり顔で言う。浮いた存在だったのは事実だ。

「それで結局吉沢くんはどうしたの？　ぼっち席？」

「いや、あぶれた同士、蒼士と組みました」

明日真が無表情に答えると、堀井と美波は噴き出した。

「本当に仲がいいのね」

「二人してイケメンの無駄遣いー！」

「でも、最終的にはほぼ同性同士でペアを作ってましたよ」

「まあ、中学生なんてそんなものかもね」

サンドイッチの最後のひと口を頬張っていると、テーブルの上のスマホがメッセージの受信音を響かせた。

『体調、大丈夫？』

メッセージは蒼士からだった。今朝、起きぬけになんとなく身体がだるくて、ぼそっと口走ったのを、気にしてくれていたらしい。午前中は仕事が忙しかったこともあり、体調のことなどすっかり忘れていた。

『平気』

短く返すと、すぐにまた返信が来た。

『夕飯、前に言ってたカレー屋に行かない？』

大学の近くに、古くて汚いけれどおいしいカレー屋があるという話を聞いたことがある。

基本、夕飯の支度は明日真がメインでしているので、食べて帰ってしまった方が明日真の負担がないと気を遣ってくれているのかもしれない。

ホント、いいやつ。と心の中では盛大に感謝しながら、『行ってもいい』とそっけない返信をする。

日常の場面で、蒼士の懐の深さやさしさにときめく場面はしょっちゅうあるが、明日真はあえて愚鈍なふりをして、感謝や礼は最低限しか口にしない。

ひとたび口にしたら、溢れてとまらなくなりそうな気がする。だからこその塩対応。蒼士に対してというより、自分に対して。蒼士は誰にでもやさしいから、特別だなんて勘違いしてはいけない。ましてや、感謝の度が過ぎて、気持ちがバレたりしたら目も当てられない。

敵を欺くには、まず自分自身から。

同級生の腐れ縁で、たまたま今、一緒にいるだけ。別に特別な好意なんか持っていない。

……いや、持っているけど。持ちすぎているけど。

だけど、だからこそ、それは永遠に秘密。

待ち合わせの蒼士の大学の裏門の前で、明日真は怪訝(けげん)に歩を止めた。蒼士は一人ではなかった。ミルクティー色の髪と、ぷっくりとしたピンクの唇が夜目にも鮮やかな女の子と一緒に、明日真に手を振ってくる。

胸の中に泥水が湧きあがる。なにこれ。もしかして食事と称して彼女を紹介しようとかいうやつ？

内心激しく動揺していると、女の子が「ずうずうしくお邪魔しちゃってすみません」と笑顔でひょこっと頭を下げた。

「田辺(たなべ)くんから、お友達と『レノン』に行くって聞いて。私もずっと行ってみたかったんですけど、女子は入りにくいお店なので、便乗させてもらっちゃってもいいですか？」

「事後承諾で悪い。同じ学部の久我(くが)さん。こっちは友人の吉沢」

「吉沢さん、はじめまして。あの、お邪魔じゃないですか？」

邪魔。思いっきり邪魔。

……などと言えるはずもなく、からかい顔を装って口を開く。

「むしろ俺が邪魔じゃない？」

「とんでもない！　光栄です！　イケメンのお友達はイケメンなんですね！」

変な感心をしている女の子と蒼士の距離感をそっと図り、どうやら本当に彼女ではなく普通の友人らしいと安堵する。

いや、別にこの子が蒼士の彼女でないからといって、明日真になにかの可能性が生まれるわけでもなく、無益な安堵だと心の中で自嘲的に思う。

カレー屋は確かに薄暗くて小汚い店だった。カウンターの椅子はカバーが裂けて、中のウレタンがはみ出している。

蒼士の言う通り、店の汚さとは対照的にカレーの味は素晴らしかったが、なぜか食が進まなかった。

「え、二人一緒に住んでるの？　もしかしてつきあってたりして」

カウンター席で、蒼士を挟んで向こう側に座った久我の無邪気な発言に、さらに食欲を削がれ、頭に血がのぼる。

そういう邪推を、明日真はなにより嫌悪している。多分、ある意味図星だから。つきあってはいないけれど、明日真の方は蒼士にそういう感情を抱いていて、そのことを蒼士に知られたくないと思っている。こういう発言で蒼士が不快になったり、それをきっかけに明日真の気持ちに気付いたりしたらと思うと、恐怖と怒りがこみ上げる。

「女の子って、すぐにそういうキモいこと言うよね」

だからつい、嫌悪感も露わに吐き捨ててしまった。

「ご、ごめんなさい」

久我は焦ったように謝ってきた。

「こら、明日真。久我さんは冗談で言ってるだけだから」

蒼士が苦笑いで仲裁に入る。

昔は尖っていて、なんとなく遠巻きにされていた蒼士だが、年々性格は穏やかになり、今や温厚と言ってもいい。中学生の頃からまったく成長がない明日真とは対照的だ。

「本当にごめんなさい。二人だったら絵になるなって思って、つい」

絵になる絵にならないとかいう問題じゃないし。むしろ不細工同士のゲイカップルに謝れよ。

などと心の中で闇雲に毒づいている自分にげんなりする。俺こそ最低。

蒼士との時間を邪魔されたことへの腹立ち、蒼士と一緒に学生生活を送っていることへの嫉妬。イライラしているただの嫉妬深いバカ。ホント、嫌になる。

明日真の態度が感じ悪いせいで、それをフォローしようとする蒼士が久我に気を遣い、なんとなく二人の話が弾んでいるのも、自業自得なのに腹立たしい。

カレーはスパイシーさも辛さも絶妙で、とてもおいしいのだが、なんだかうまく飲み込めない。

俺、こんなことで食事が喉を通らなくなるほどメンタル弱かったかなと、また腹が立つ。

食事の途中で、蒼士のスマホが着信を告げて震えだした。画面に視線を落とした蒼士は一瞬眉根を寄せ、「ちょっとごめん」とスマホを手に店の外に出ていった。

誰からだか知らないけれど、ここで喋ってくれればいいのに。二人にされると気まずい。

先程の明日真の態度に恐れをなしたのか、久我はラッシーのストローを咥えて身を硬くしている。なんとなくうしろめたさを感じて、明日真の方から気まずい沈黙を断ち切った。

「確かに、女の子には入りにくそうな店だよね」

久我はほっとしたように笑顔を見せた。

「ですよね。でも、すごくおいしかったです。次は思い切って、女友達を誘ってみようかな」

そう言いながら久我は後ろを振り返り、まだ蒼士が戻って来ないのを確かめると、一人分の距離を詰めてそっと訊ねてきた。

「あの、田辺くんって、彼女いると思いますか？」

やはりそういうことか。

そんなのこっちが知りたいよと思いつつ、軽い調子で返した。

「どうだろう。今のところ、家にお持ち帰りしてきたことはないから、いないんじゃないかな」

お持ち帰りできないのは、俺のせい。

蒼士はこの子にコクられてもつきあわない気がする。自分から同居を持ちかけた以上、一緒に暮らしている間は明日真との時間を優先するだろう。蒼士はそういう男だ。

うっすらと罪悪感が湧いてきて、それを打ち消すように心の中で居直る。別に一生束縛しようなんて思っていない。長くても蒼士が大学を卒業するまで。

今だけだから。あと少しで解放してあげるから。

だから神様、今だけ蒼士の時間を可能な限り俺にください。

……なんてね。神様なんて、信じてはいないけれど。

蒼士が戻ってきて、明日真の皿に半分以上残っているカレーに視線を落とす。

「口に合わない？」

「いや、すごくおいしいんだけど、ちょっと胃の調子が悪くて……」

「珍しいな」

蒼士は明日真の残りを引き受けてきれいに平らげてくれた。

店を出て、駅に着く頃には、春だというのにゾクゾクと悪寒がしていた。

反対方向の電車に乗る久我を見送り、腕をさすっていると、蒼士が怪訝そうに顔を覗き込んできた。

「どうした？　具合悪い？」

「……なんか寒い」

「寒い？」

蒼士は大きな手を明日真の額に当て、眉根を寄せた。

「おまえ、熱があるぞ」

「マジ？」

　久しく熱など出したことがなかったので、このなんともいえないけだるさを忘れていた。

「風邪かな。咳も鼻水も出ないんだけど」

「とりあえずさっさと帰って寝た方がいい」

　蒼士は腰に巻いていたパーカをほどいて、明日真に着せかけてきた。口では「いらない」と言ってみたものの、突っぱねる気力もなく、着せられるままサイズオーバーのパーカに袖を通す。

　混雑した車内でも寒気は治まらず、家に辿り着く頃には身体中の関節が痛み始めていた。

　蒼士に心配をかけたくなかったので、「早寝する」とさっさと自分の部屋に戻ってベッドに潜り込んだ。

　蒼士は夜中に何度も様子を見に来てくれた。「大丈夫」と強がってみせたものの、悪寒と頭痛でろくに眠れず、明け方には熱は四十度にまで上がった。

　朝一番、朦朧とした状態で蒼士に病院に連れていかれ、インフルエンザだと判明した。

　調剤薬局で、一度の吸入で効くという抗インフルエンザ薬を出してもらい、その場で吸入した。

「一日半ほどでお熱が下がってくると思います。お大事になさってくださいね」

　若い女性薬剤師に、蒼士が礼を言い、明日真の肩を支えるようにして薬局の外へと促した。

症状は変わらずとも、原因がはっきりして薬も処方してもらったおかげで、半日ぶりくらいに思考回路が戻ってくる。

明日真は肩に置かれた蒼士の手を、押しやった。

「幼児じゃないんだし、もう平気だから」

「平気じゃないって。まだ四十度超えてるだろ」

「平気。つか、くっついたらおまえに移るだろ」

「それを言ったら、昨日明日真の食べかけのカレーを食べた俺は、もう移ってるかも」

「あ……」

昨夜のことを思い出して青ざめていると、蒼士は笑い出した。

「冗談だよ。俺は体力あるし、そう簡単には移らないよ。明日真の唾液にウイルスがいたとしても、俺の胃で死滅してるはず」

熱で火照（ほて）った顔がさらに熱くなる。

「薄気味悪い表現すんなよ」

「そんなことで怒れる元気があるなら、大丈夫そうだな」

蒼士はほっとした顔をしている。

薄気味悪いのは俺の方だ。ただ状況を説明しただけの蒼士の言葉に赤くなったりして。

マンションに帰り着くと、明日真は仕事先のグループラインに連絡を入れた。今日の欠勤は連絡済みだが、数日間の出勤停止の連絡を追加して詫(わ)びる。

「解熱剤を飲む前に、なにか胃に入れた方がいいな。おかゆとゼリー飲料、どっちが食べやすい？」

帰宅途中にコンビニで仕入れたものをテーブルに並べながら蒼士が訊ねてきた。

「自分でできるから平気。悪かったな、大学遅刻させちゃって」

「今日は休んで家にいるよ」

「原因もわかったし、子供じゃないからもう平気だって」

「じゃあ、熱が下がったのを見届けたら行くから」

「いいって言ってんだろう」

迷惑をかけていることが申し訳なさすぎて、逆に八つ当たりしてしまう。そんな自分に苛立(いらだ)ちながらゼリー飲料を一気飲みして、解熱剤を服用した。

ベッドに潜り込んで、薬が効いてくるのを待ったが、熱はやっと三十九度台に下がった程度で、関節の痛みも頭痛も一向に良くならない。

「……効かねえ、この解熱剤」

「インフルエンザの高熱時には効きにくいこともあるって、薬剤師さんが言ってたよね」

そんな説明をされたことも覚えていない自分の頼りなさにがっかりしながら、病院や薬局につきそってくれた蒼士に心の中で感謝した。

「まあでも、さっきのあのなんとかっていう吸入薬が効けば下がるんだろ？　一日半なんて楽勝」

「そうだね。もうちょっと頑張れ」

蒼士はそう言って、明日真の部屋にノートパソコンを持ち込んできた。

「……おまえ、何してるの？」

「熱が下がるのを見届けるって言っただろう」

「過保護かよ。俺は子供じゃないって言ってるだろ」

蒼士は床に座ってベッドにもたれ、膝の上でノートパソコンを開くと、明日真の方を振り向いて言った。

「歳なんか関係ないだろ。心配だから俺が勝手にやってるだけ。気にしないでさっさと寝ろよ」

「……ホントばか。お節介野郎」

最低な憎まれ口を叩いて、明日真は毛布を頭までひっぱりあげた。そんな言い方でもしなければ、泣いてしまいそうだった。

心細いときに、親身に面倒を見てくれるルームメイト。蒼士はきっと、相手が誰でもこうするだろう。

でも明日真には蒼士だけ。世界で一番好きな相手が自分の身体を心配してくれる。嬉しい。

切ない。そして悲しい。だって、これはたまたまのことで、いまだけのことで。

昨夜ほとんど寝ていないせいもあり、うつらうつらと睡魔がやってくる。だが、熱が高いせいで、安らぎからは程遠い眠りだった。なにかに追いかけられたり、どこかから落ちたり、電車に乗り遅れそうになったりする夢ばかり見ては目を覚まし、蒼士がキーボードを叩く音に安堵して、また浅い眠りに落ちる。

身体は丈夫な方で、こんな高熱を久しく出したことがなかったから、そのしんどさに打ちのめされる。薬剤師の言う通りなら、明日の午後には平熱まで下がるはずなのに、そのたった一日半がものすごく遠く感じられた。

なにか耳障りな声で目覚め、うるさいなと思ったら、自分のうめき声だった。声を出しているつもりなんてないのに、身体の辛さに勝手にうなっている。

「水分をとった方がいいよ」

蒼士に半身を起こされ、冷たいスポーツ飲料を流し込まれた。熱のせいで、現実と夢の境界線がどんどん曖昧になっていく。

「タオルを取ってくるね」

そう言いながら立ち上がろうとした蒼士の手に、知らずしがみついていた。

「やだ……行かないで……」

一拍遅れて耳に届いた、すがるような甘えるような自分の声に、朦朧としながらも焦って、とっさに「お母さん」と付け加えた。

寝ぼけて幼い頃に戻り、母親に甘えているふり。いい歳をしてそんな台詞、学校で先生のことを間違えて「お母さん」と呼んだやつくらい恥ずかしいが、それ以上に、蒼士を蒼士と認識しながら甘えたことを知られる方が百万倍恥ずかしい。

「大丈夫、ここにいるから」

蒼士は、母親の声真似こそしなかったが、明日真のうわごとに調子を合わせるように、座り直して手を握り返してくれた。

そう、俺は熱に浮かされて寝ぼけているだけ。だからこれは許される。離すまいと、その手をしっかりと握りしめる。

同居する友人とはいえ、友達はあくまで友達。手をつなぐ機会など、皆無といっていい。

高熱のせいで氷のように冷たくなった手で、蒼士の乾いたあたたかい手を握りしめながら、ふと、かつて一度だけ手をつないだことがあったのを思い出した。

この間、美波に話した、中三の席替えのときの出来事だ。

翌日までにペアを組む相手を決めるようにと担任が言い、告白の機会を得たクラスメイトたちはみんな色めきたっていた。

明日真が思いを寄せていたのは、絶対に告白などできない相手だったから、自分には関係ないことだと思っていた。どうせ大半はあぶれて、余ったもの同士で組むことになるのだろうし、

どうでもいい。

そんなことを考えながら、想い人を無意識に眺めていたら、目が合った。蒼士はふらっと明日真の傍らに寄ってきて言った。

『先生も面倒くさいこと考えるよな。お互い、もし誰からも誘われなかったら、一緒に座らないか』

『しょうがないから、そうしてやってもいい』

そっけなく返しながら、心の中ではその場にへたり込みそうなくらい、昂揚していた。

あぶれ者同士の同盟の誘いに過ぎないというのに、それでも蒼士に誘われたことが嬉しかった。

蓋を開けてみれば大半が同性の友人同士でペアになっていて、みんなふざけて手をつなぎ合いながら席に着いた。当時はそういうノリに馴染まなそうな強面の蒼士も、そのときはなぜか調子を合わせて明日真の手を握ってきた。

二十歳になる現在まで、明日真はキスも含めて一切性経験がないが、この先誰かとキスをしても、セックスをしても、蒼士と手をつないだあのときほどのときめきは感じないと思う。

指先が、手のひらが、淫靡で敏感な器官になったみたいで、うしろめたくてドキドキした。

あの感覚は、きっと一生忘れない。

今、こうして触れる蒼士の手は、ときめきとともに安らぎを運んできた。身体中の関節が軋み、頭が割れるように痛んで、気分は最悪だったが、朦朧とした意識に乗じてこんなふうに蒼士に触れられることで、すべては帳消しどころか、おつりがくるくらいだ。

もはや眠気なのか意識の混濁なのかわからない場所にさらわれながら、両手で蒼士の右手を宝物のように握りしめていると、蒼士はもう一方の手で明日真の頭を撫でてくれた。

『手当て』という表現を思いついた人は天才だと思う。こうしてやさしく撫でられると、薬よりも何よりも身体が楽になる。

この瞬間があまりにも幸せすぎて、泣きたくなった。いや、まなじりを伝う熱を感じたから、本当に泣いていたのかもしれない。

期間限定の同居生活が終われば、どんなに体調が悪い日も、一人ぼっちで耐えなくてはいけないのだ。この先、蒼士より好きになる相手なんかできないから、きっと一生、俺は一人。歳をとって、野垂れ死ぬまで。

ヤバいな。体調が悪いせいで、相当自己憐憫モードに入ってる。

一人ぼっちが世界で自分だけみたいな大袈裟さ。テレビのニュースで言ってたじゃないか。二十年後には、単身世帯が四割になるとかなんとか。

みんな淋しい。俺だけじゃない。きっとすぐに慣れる。

その日に備えて、この手のぬくもりを胸に焼き付けておこう。

いや、むしろ忘れた方がいいのかな？

バカなことを考えているうちに、眠りは少しずつ深くなっていった。

薬剤師の説明通り翌日の夕方には嘘のように熱が下がった。平熱になると一気に元気が戻り、元気が戻ると昨夜はなんて恥ずかしい真似をしたのかといたたまれなくなった。

蒼士が「よかったな」と安堵の表情をみせたので、明日真も前日のことは記憶にないふりをした。

「熱で消耗したあとだから、くれぐれも無理しないでゴロゴロしてろよ」

蒼士はそう念を押して大学に出かけていったが、若くて体力のある明日真は、熱さえ下がれば動きたくなる。とりあえず、シーツや部屋着を洗濯したり、部屋中に掃除機をかけたりと、午前中はあれこれ家事をこなした。

しかし蒼士の言う通り、まだ本調子ではないせいか、すぐに疲れ、息苦しくなってしまった。

処方された喉と気管支の薬を飲むために、蒼士が朝作ってくれたうどんをホットプレート兼用の鍋で温め直す。

同居を始めて明日真が最初の給料で買ったのが、この鍋プレートだ。無精者には便利だからという理由付けで、毎日ほぼすべての料理をこれで作っているが、本当の理由はほかにある。

この部屋のキッチンは対面式ではないので、キッチンで料理をすると、蒼士の顔が見られない。

鍋プレートなら、テーブルの上で、蒼士と向かい合ったまま料理ができる。限られた同居生活の中で、一分でも一秒でも長く蒼士の顔を見ていられる。

もちろん、そんな理由を蒼士は知らない。知られたくもない。

「……ホント、俺ってバカ」

薬を飲むと、副作用か、それとも病み上がりに急に身体を動かして疲れたのか、眠気に襲われた。外はいい天気で、ベランダにはためくシーツはきっともう乾いているだろう。取り込んで昼寝をしようかと立ち上がった視線が、ふとドアを開けたままの蒼士の部屋の中へと吸い寄せられる。

あまりプライバシーにこだわりがない者同士、暑くも寒くもないこの季節には寝室のドアは二人とも開け放ってあることが多い。

明日真はふらっと蒼士の部屋に足を踏み入れ、ブルーのカバーで統一された蒼士のベッドにごろりと横になった。

蒼士の匂い。目を閉じると、蒼士に抱きしめられているような気分になって、安らぎとときめきとうしろめたさが同時に訪れる。

また熱がぶり返したみたいに、身体が熱くなる。

ヤバい。いくらなんでも人のベッドでおかしなことをするほど非常識なやつに成り下がりたくない。

　理性と欲望の争いに決着をつけたのは睡魔だった。病み上がりのけだるさに包まれ、明日真は蒼士の枕を抱きしめたまま、夢の国へといざなわれていった。

「明日真」

　名前を呼ばれてうっすら目を開くと、部屋の中はすでに薄暗かった。

「ん……」

　自分がどこにいて、今が何時なのかも覚束(おぼつか)ないまま、抱きしめた枕とともに身を起こす。

　寝ぼけ眼で蒼士を見上げるうちに、徐々に意識が戻ってくる。

　そうだ、蒼士のベッドに横になって、そのままうっかり眠り込んでしまったのだ。

「うわ、俺……」

　知らず宝物のように抱きしめていた枕を、慌てて床に放り投げる。

「おい。俺の枕に恨みでもあるのか」

「あ、悪い。眠くなって……まだシーツが乾いてなかったから……」

　人の寝室で寝ていた理由を咄嗟(とっさ)にでっちあげると、蒼士は特に気にするふうもなく、身をかがめて明日真のおでこに自分の額をくっつけてきた。

「ん、すっかり下がったな、熱」

「………っ」

触れる場所がおでこだったというだけで、ほぼキスと同じ距離感に蒼士の顔があることに心臓が止まりそうになり、明日真はベッドの上で後ろに飛び退いた。

「きっ……キモいことしてんじゃねえよっ」

「だって手が塞がってるから」

確かに蒼士は、片手にコンビニ袋、片手に今拾った枕を持っていた。

だからって、それはないだろう。人の気も知らないで。

これだけ部屋が薄暗ければ、顔色の変化に気付かれないであろうことが、せめてもの救いだった。

「夕飯、買ってきた。もう冷中が出てたぞ。明日真好きだろ？　食べれそう？」

「……ああ」

「それからオレンジジュースも……」

蒼士の声にかぶさるように、スマホの振動音が響いた。蒼士はチノパンのポケットからスマホを取り出すと、画面に視線を落とす。薄闇の中、その顔にかすかに気まずげな表情が浮かんだように見えた。

「悪い、電話だ」

ベッドの上にコンビニの袋をおろすと、蒼士は寝室から出ていった。さらにベランダの引き戸を開け閉めする音がした。

おでこで熱を測られたときに顔に集まった血の気が、すうっとひいていく。

あまり細かいことにこだわらない蒼士は、電話でもメールでも普段は明日真の前で普通に受ける。わざわざベランダにまで出て会話を聞かれないようにすることなんてない。

……いや、そういえばカレー屋でも、わざわざ外に出ていったなと思い出す。あのときはマナー的なものを気にしたのかなと思ったけれど、今のは明らかに明日真に聞かれたくない感じだった。

いよいよ彼女でもできたのかな。

恐れていたときが近づいていることを感じる。

節目として、同居の期限は蒼士の大学卒業までと漠然と考えていたけれど、それは一日でも長く蒼士と一緒にいたいと願う明日真の甘えだったのかもしれない。

見た目しか取り柄がないと言われるのは、昔も今も同じ。でも、蒼士が東京に誘ってくれたおかげで、少し生きるのが楽になった。ここは、自分一人でも生きていける街。あのまま一人で故郷に残ってホストをやっていたら、母親の影を引きずって自分はもっとすさんでいた気がする。

働きやすい職場で、健康的な時間帯に仕事をさせてもらえていること。友人とまではいかなくても、職場のスタッフや客とは良い関係を築けて、有意義な毎日を送れていること。

すべては蒼士のおかげだった。

もう充分、一人でやっていけるはずだ。そろそろ蒼士を、頼りない友人の世話係から解放してあげなくては。

別に今日明日っていうわけではないけれど、心づもりをしておく必要はある。

3

「こんな季節でもインフルエンザってあるのね」

昼休憩の賄いタイムに、堀井はサンドイッチに、コーヒーではなくフルーツジュースを添えて、復帰を祝ってくれた。

「迷惑をかけてすみませんでした」

「もう大丈夫なの？」

「はい。熱が下がったあとはもうすっかり暇を持て余して、早く仕事に行きたくてうずうずしてました」

「私なんて、高熱で消耗すると半月くらいダメージを引きずっちゃうけど、若い子は元気ね」

よしよしと明日真の頭を撫でて、堀井はふふっと笑う。

「でも、戻ってきてくれて助かった。吉沢くんがいない間、大変だったのよ」

「すみません」

謝りながらも、自分が戦力として頼りにされていることが少し嬉しい。

「女性のお客様から『今日はあのイケメンくんはいないんですか?』って何度訊かれたことか」

「……そっちですか」

「そっち?」

「いや、なんでもないです」

「吉沢くんはうちの看板男子なんだから、毎日フロアでイケメンオーラを発してもらわないと困るわ」

　二年も仕事をしているのに、結局見た目しかセールスポイントがないなら、やっぱり田舎でホストをやっていた方がよかったんじゃないかなどと苦笑いしつつも、「もっと食べなさいよ」と自分のフルーツサンドを明日真の皿に取り分けてくれる上司のやさしさには愛情を感じる。

「スタッフやお客様に移していなかったらいいんですけど」

「そこは大丈夫そうよ。吉沢くん、咳やくしゃみは出てなかったし、うちは手の消毒を徹底してるから。実際、移ったって話は聞かないわ」

「よかったです」

「でも、大変だったでしょう? インフルエンザって、ポピュラーな感染症だけど、いざかかると、結構なしんどさよね」

「ですね。薬が効いてくるまでは、身体中が痛くて死ぬかと思いました」

「差し入れを持ってお見舞いに行こうかと思ったんだけど、吉沢くんは頼りになる同居人くんがいるから大丈夫かなって」

　同居人の話で思い出した。

「そういえばオーナー、お兄さんが不動産屋さんだって言ってましたよね？」

「うん。この店も兄の仲介物件」

「普通のアパートとかも紹介してもらえます？」

　堀井はコーヒーを飲みかけた手を止めて、怪訝そうに眉を顰める。

「どうしたの。田辺くんと喧嘩でもした？」

「いや、全然そういうのじゃないんですけど、このままずっと蒼士の部屋に居候してるわけにもいかないよなって」

「あ。もしかしてついに彼女でもできた？」

　こっちじゃなくて向こうの話だけどと思いつつ、曖昧に微笑んでみせると、堀井もふっと笑う。

「まあ、ルームシェアも楽しいけど、東京暮らしに慣れると、一人部屋にも憧れるわよね。お得な物件がないか、聞いておいてあげるわ。なにか条件はある？　イケメンに似合うシャレオツな部屋希望とか」

「まったくないです。古くても狭くても不便でも特に気にしません。家賃は今と同じ十万くらいまでが限界だけど」

「は？」

　堀井に声を裏返されて、非常識な条件だったかなと首をかしげる。

「都内で十万とか舐めてます？」

「そうじゃなくて。田辺くんのマンションに居候させてもらってるんでしょ？　そんな高額の家賃を負担してるの？」

「蒼士にはいらないって言われたけど、俺が勝手に家賃相場を調べて、半分くらいの金額を払ってるんです」

「田辺くんってそんな子には見えないけど、もしかして吉沢くん、たかられてるんじゃない？」

「違いますって」

「でも、結局受け取ってるんでしょう？　好青年に見えて、案外あざといわね」

「だから違いますってば。俺のプライドを立ててくれてるだけですよ」

　明日真にしてみれば、蒼士との時間を月々たった十万で買えるなんて、むしろ贅沢すぎるくらいなのだ。

「わかったわ。私が責任を持って、いい物件を世話するわよ。立地や築年数にこだわらないなら、もっとリーズナブルな部屋はいくらでもあるわ。うちの給料で月々十万も払っていたら、ろくに貯金もできないでしょう」

確かに通帳の残高はいつも心もとない。今までそんなことは一切気にしていなかったが、この先一人で暮らすなら、色々きちんと考えなくてはいけないのだろう。

休憩を終えてフロアに戻ると、明日真はいつも以上に身を入れて仕事をした。復帰を喜んでくれる女性客には、普段より三割増しいい笑顔をサービスした。

同居を解消すれば、蒼士とは徐々に疎遠になっていくだろう。明日真の居場所も生き甲斐もここだけになる。ちゃんと一人でもやっていけるように、仕事を頑張らなければ。

いつかに向けて予行演習をしながら、それはでも、少しも心弾まないことだった。

蒼士のいない日常なんて、生きていく意味あるのかな。

ふと我に返って、そんな自分を笑う。意味なんてあってもなくても関係ない。人は死ぬまでは生きなければならないのだから。

それがどれほど虚(むな)しい時間であろうとも。


「うわ、うまいな、これ」

日曜日の遅い朝、明日真が作ったサンドイッチを頬張り、蒼士は感動したように呟いた。

「ホント？　よかった。オーナー直伝だよ」

仕事をより頑張ると決めてから、フロアだけでなく厨房の作業も今まで以上にやらせてもらっている。

十センチを超える極厚のサンドイッチは、ホットケーキと並んで『ライラック・コーヒー』の人気メニューだ。

種類はいくつかあるが、やわらかなローストチキンに、キャロットラペとたっぷりのグリーンリーフを挟んで、ハニーマスタードを効かせたこれは、特に人気がある。チキンの食感に合わせてパンも耳までやわらかいものを選び、にんじんは髪の毛のように細い千切りにして、崩れないようにワックスペーパーに包んだままカットする。

「こっちのスープもうまい」

新玉ねぎとそら豆とベーコンのスープは、美波に教わったものだ。

「最近、急にレパートリーが豊富になったな。俺なんていまだに、インスタントラーメンがやっとなのに」

「いい奥さんになれそうだろ?」

明日真はわざとおどけて返し、自分の冗談に軽く傷ついた。そうだよな。もしも俺が女だったら、意外とすんなりうまくいっていたのかも。

いや、女だったらそもそもルームシェアの誘いなんてなかったのかな。

レパートリーが増えたのは、鍋プレートを封印したからだ。

表向きは「暑くなってきて、もう鍋っていう気分じゃないから」という理由。実際は、料理する間も蒼士の顔を見ていたいなどと考える鬱陶しい自分を、鍋と一緒に封印するため。

キッチンで料理をするようになって、レパートリーは格段に広がった。明日真にとってそれはほろ苦いことだけれど。

「オレンジジュースのおかわり、明日真も飲む？」

蒼士が冷蔵庫に向かおうとしたとき、ローテーブルの上の蒼士のスマホが、着信のメロディーを響かせた。

画面に０８０から始まるナンバーが表示される。

蒼士は、スマホを拾いあげた。

「悪い」

中座を詫びるようにぼそっと言って、自分の部屋に行き、開けっ放しだったドアを閉めた。

またか。

胸の深いところから、なにかの感情が湧いてきそうな感覚を、先回りしてごまかす。

蒼士には蒼士の世界がある。誰からの電話であろうと、自分には関係ない。

明日真はサンドイッチにかぶりつきながら、テレビの情報番組に神経を振り向けようとしたが、なんの味もしないし、何も頭に入ってこない。

五分ほどで蒼士は部屋から出てきて、なにごともなかったように、二人分のグラスにオレンジジュースを注ぎ足した。

電話の相手が気になれば気になるほど、まったく気にしていないふりをしなくてはと焦る。だが、下手にスルーしようとするから不自然になるのではないか。本当に意識していなければ、多分普通にさらっと訊いているはずだ。

明日真はグラスを口に運びながら、極力さりげなさを装って訊ねた。

「電話、誰からだった？」

蒼士はサンドイッチのワックスペーパーをめくりつつ、面倒くさそうに言った。

「家族」

ふうん、と返しながら、心臓が喉元までせりあがる。

蒼士とは長いつきあいだ。番号を暗記しているわけではないが、蒼士の両親の携帯はどちらも090から始まることくらい覚えている。もちろん、明日真が知らないうちに番号を変えた可能性がないわけではないが、実家や親の連絡先はアドレス帳に登録されているから、普段は番号ではなく名前が表示される。

嘘をつかれたことが、ショックだった。やはり相手は、身内や友人ではなかったのだ。

明日真には言えない誰か。やっぱり彼女だろうか。

潮時だと思った。いい加減に察しろよと言われる前に、ちゃんと具体的に、独り立ちする準備をしなくては。

「午後、ちょっと出かける用事ができた」

蒼士にそう言われて、一瞬黙り込んだせいで、変な間ができてしまった。

「夕飯までには帰るから、夜はなにか一緒に食べに行こう」

明日真の沈黙をどうとったのか、蒼士が付け加えてくる。うしろめたいところがあるから、機嫌を取ろうとしているのかな、などという思いが一瞬脳裏をよぎり、そんな自分に呆れる。

もしも彼女と出かけるのだとしても、蒼士が明日真に対してうしろめたく思う義理などまったくない。そんなふうに勘繰ること自体、自虐を超えた思い上がりだ。

「小学生じゃないんだから、ゆっくり出かけてこいよ」

明日真は笑顔で言った。

「俺もさっき店の仲間にカラオケに誘われて、どうしようかなって思ってたんだけど、蒼士が出かけるなら、こっちも心置きなく遊んでくるから」

嘘の予定をでっちあげてみせると、蒼士は「わかった」と苦笑いを返してきた。

同居を始めた頃は、毎日がただただ楽しかった。蒼士と同じ家に帰れること。蒼士の時間を独占できること。

でも、こうして同居の期限や相手の人間関係に怯えながら過ごす時間は、少しずつ明日真のメンタルを削っていく。

好きな相手に絶対に好きだと悟られてはいけない同居生活は、ある意味拷問だ。

「あ、そうだ。おまえさ、帰りに俺のこと店に迎えに来るの、もうやめて」

ついでのように告げると、蒼士は怪訝そうに眉を寄せた。

「なんで？」

「なんでって、いい歳して野郎同士で誘い合って帰るなんて、かっこ悪いだろ。オーナーにもからかわれるし。それに、一人で寄り道したいことだってある」

蒼士は探るような視線を向けてくる。

「なに、彼女でもできた？」

それはそっちだろう、と喉元まで出かかったが飲みこんだ。ほぼ確定だろうと思ってはいるが、今本人に肯定されたら、きっとすごくショックを受ける。

少しずつ蒼士離れしなくては。

まずは普段の生活から。今の近すぎる距離感をちょっとずつ修正して、いい物件が見つかったら引っ越しをして。

蒼士に特別な相手ができた話を聞かされるのは、自分の生活からすっかり蒼士の影が消えてからがいい。

「デザートにヨーグルトあるけど食べる？」

全然関係ない話題で話をはぐらかすと、蒼士はじっと明日真を見つめたあと「食う」と短く答えた。

カップ入りのヨーグルトを二つ冷蔵庫から取ってきた明日真は、床に敷いてあるラグに足をひっかけた。

「うわっ」

つんのめった身体を、ソファからのびてきた蒼士の腕が素早く抱き留める。

「大丈夫か?」

予期せぬ近距離に、心拍数が跳ね上がる。

「大丈夫じゃねえよ。このラグにつまずくの、これで何度目だって話」

「めくれ癖がついてて危ないよな。買い替えるか」

「床に接着しちゃえばいいんじゃない?」

動揺をごまかすためにわざとふざけた口調で言い、蒼士の腕から身体を起こそうとすると、なぜか逆に蒼士がのしかかってきて、背中に耳を押し付けてきた。

「なっ……なにしてるんだよ」

「心臓がすっげえドキドキいってる。よっぽどビビったんだな」

「うるせえよ」

蒼士の胸に肘鉄(ひじてつ)を食らわせて、さっさと起き上がる。

ドキドキしてる原因は、多分それじゃない。

いつかまかり間違って、なにかとんでもないことをやらかす前に、ケリをつけなくてはいけないと、さらに強く思う。

4

仕事終わりに、堀井明日真を呼び止めてきた。

「吉沢くん、ちょっといい？」

「あ、はい」

一緒に飲みに行く予定の美波に「ちょっと待ってて」と伝え、堀井のあとを追ってスタッフルームに向かう。

堀井は自分のデスクから水色の大きな封筒を取って、明日真に渡してきた。

「これ、ご依頼の物件」

「え、もう探してくれたんですか？」

「よさげなところを五軒ほどピックアップしておいたって、兄が。どれもひくてあまたの人気物件だから、返事はなるはやでって」

「ありがとうございます。早速見てみます」

封筒を手に部屋を出ると、待ち構えていた美波が「なになに？」と封筒に興味を示してくる。

「なんでもないよ」

「不動産屋さん？　え、吉沢くん引っ越し検討中？」

「ノーコメント」

今日は蒼士がゼミの親睦会で遅くなるというので、明日真も美波の友人たちとの誘いに応じていたのだが、封筒を手に気もそぞろになる。いよいよ独り立ちが現実のものとなることへの動揺。早く返事をしなくてはという焦り。蒼士が留守の今夜は、一人であれこれ考えるのにちょうどいい。

「申し訳ないけど、急用ができたから、合コンキャンセルさせてもらってもいい？」

「いいわけないでしょ！　みんな吉沢くんめあてで来るんだから。連れていかなかったら怒られちゃうわよ」

「ごめん、次回絶対埋め合わせするから」

「えー。じゃあ次回は田辺くんも連れてきてくれる？」

「蒼士？」

「イケメン倍返しなら、こっちも面目が立つし」

「わかった。蒼士に言っておく」

その次回の頃には、もう明日真とは別の部屋で暮らしているのかもしれないと思うと、胸の奥が悪い病気みたいにツンと痛んだ。

美波に謝り倒して、明日真は急いで帰途についた。

角を曲がって、マンションが視界に入った瞬間、明日真は眉根を寄せた。三階の角の明日真たちの部屋に明かりが灯っているのが見える。

予定通りなら、蒼士はまだ帰宅していないはず。朝、消し忘れたのかな。それとも泥棒？

不審に思いながらエレベーターで三階にあがる。

恐る恐るドアノブに手をかけて引くと、鍵が開いていた。

玄関には常時それぞれの革靴やスニーカーが数足出しっぱなしになっており、その中に見覚えのない先の尖った革靴が一足混ざっていた。

リビングの方から明かりが洩れ、ぼそぼそと話し声が聞こえる。談笑という感じではなく、なにか言い争っているようだ。

今、入って行ったら邪魔だろうかとためらっていると、ガタガタとなにかが倒れるような音が聞こえた。

なに？

まさか強盗とか？

蒼士が誰かに襲われて危険な目に遭っているのではないかと思った瞬間、明日真は鞄を放り出して、リビングに乗り込んでいった。

ドアを開けたとたん、目に入ってきた光景に眉を顰める。

体勢的に言えば、蒼士は襲われているのではなく、襲っている側だった。リビングのローテーブルとソファの隙間で、明るい茶色の髪の中性的な男を組み敷いている。

組み敷かれた男は、物音に反応したように首をのけぞらせて明日真の方を見た。

「あ、いいところなのに、誰か来ちゃったよ」

のどかな声を出す。

蒼士は明日真を見て、無表情に固まっている。

「なんだよ、今日は一人だって言ったじゃん」

男は蒼士にそう言ってから、再び明日真に視線を送ってくる。

明日真は思考がフリーズして、馬鹿みたいに無言でそこに立っていた。

「蒼士、重い。どいて」

男がぐいと胸を押し返すと、蒼士はようやく男の上から身体を起こした。

狭い隙間から起き上がった男は、上背はあるが華奢（きゃしゃ）で、端整な顔立ちをしている。明るい髪色とは対照的に、服装は上下とも黒ずくめで、堅気ではない雰囲気をまとっていた。俳優とかミュージシャンだと言われれば、しっくりくる。

男はふらっと明日真のそばまで来ると、シャツの胸ポケットから名刺を取り出した。

黒い紙片に銀色の文字が印字されている。名前など目に入らず、『デリバリーホスト』という表記に目が釘付けになった。

「男女問わず、どんなニーズにもお答えします。よかったらご指名ください」

呆然と名刺に視線を落としていると、男は明日真の顔を覗き込んできた。

「ていうか、きみ、噂以上のイケメンだね。むしろうちで働かない？　日給十万は軽いと思うよ？」

「おい、カズマ！」

蒼士が威嚇するような唸り声をあげると、男はおどけた表情でチラッと舌をみせた。

「怖っ。また乱暴なことされて、腰が立たなくなったら困るから、今日はこれで失礼しまーす」

「待てよ。まだ話は終わってないだろう」

カズマと呼ばれた男は、ニヤニヤと蒼士を見つめ返す。

「え、この子の前で続けるの？　そういうプレイが好き？」

「ふざけるなよ」

「ふざけてない。蒼士が一人だっていうから来たけど、お邪魔みたいだから今日は帰る。またね。あ、それ、手土産。よかったら飲んで」

テーブルの上のレジ袋を指さしてみせ、カズマはひらひらと手を振って帰っていった。

二人きりになった部屋に、なんともいえない空気が漂う。

「……明日真、今日飲み会じゃなかったのか」

蒼士が端のめくれたラグを直しながら訊いてきた。

「ああ、ちょっと予定が変わって……。そっちこそ、親睦会は？」

「こっちもいろいろあってな」

いろいろ。

明日真は手の中の黒い紙片に視線を落とした。

「この人って……」

なにをどう訊ねたらいいのかわからず、口ごもりながら問うと、蒼士はどこか投げやりなため息をついた。

「まあ、そういうことだ」

そういうことって……。

「あとで説明する。とりあえずシャワーを浴びてくる」

気まずいのかなんなのか、蒼士は不機嫌そうに浴室へと消えた。

取り残された明日真は、呆然と立ち尽くした。

なに？　どういう状況？

再度名刺に目を落とす。

デリバリーホストってなんだよ。デリヘル嬢の男版？

あらゆるショックに襲われる。

きさくに名前を呼び合っていたことや、二人の間に漂う雰囲気からして、どう見ても、今日が初めてというわけではなさそうだった。

常連？　それとも仕事の関係を超えてつきあってる？

なにより、相手が男だったことに衝撃を覚えた。

蒼士はこっち側の人間だったってこと？　それなのに、俺のことはまったく眼中になかったのか。

様々なショックが、じわじわと明日真の気持ちを圧迫してくる。

叶わない想いなのはわかっていたことだ。最初から一パーセントの希望も持っていなかった。でも、自分が顧みられない理由が性別ではなかったというのは、違う意味でひどくショックだった。

なんで？　どうして？

好みのタイプが真逆だというならともかく、カズマという男は、見た目の雰囲気は明日真と同じ系統だった。

いや、人の好みがそんな大雑把なくくりでないことはわかっている。明日真だって、蒼士と同じ背格好の男なら誰でもいいというわけではない。

嫌われているわけではないと思う。いくら同情や憐憫でも、嫌いな相手にルームシェアを持ちかけるはずがない。

ふと、この前堀井に言われたことを思い出す。

『そんな子には見えないけど、たかられてるんじゃない？』

いっそ金目当てだったらいいのにとすら思う。金でつなぎとめられるなら、なんでもする。

明日真は名刺の『デリバリーホスト』の文字をじっと見つめる。

日給十万って、本当かな。俺が蒼士に渡している一か月分の家賃を、一日で稼げるってこと？

俺がもっと稼ぐようになったら、愛してもらえるの？

だが、すぐに自分の馬鹿な考えを否定する。金づるにするのが目的なら、無一文の明日真ではなく、もっと他の相手を選べばよかったはずだ。それに、高給が稼げる夜の仕事は、同居を始めるときに蒼士に禁止されていた。

そもそも、御曹司の蒼士は金に困ってなどいない。

じゃあ、蒼士がこのカズマという男とつきあっているのはなぜだ。

金じゃないというなら……愛？

ひどい胸やけのような感覚が湧き起こり、服の上から胸のあたりをかきむしる。

いやだいやだいやだいやだいやだ……

ふと、テーブルの上のレジ袋に目が行く。中を覗くと、ビールと缶酎ハイが数本入っていた。

あの男が買ったものが、蒼士の身体に入るのが嫌だと思った。

明日真はビールをひと缶摑みだすと、乱暴にプルタブを起こし、中身を一気に呷った。勢いあまって溢れた液体が、首筋を伝い、シャツをひやりと濡らしていく。

二缶目も一息に飲み干し、さらに新しい缶を開けて口をつけていると、蒼士が浴室から出てきた。

部屋着のハーフパンツに、バスタオルを肩からかけた、無防備な格好。

胸元を伝う水滴をぼんやり眺めながら、カズマが蒼士のあの肌に触れたのかと想像すると、頭の中がカーッと熱くなった。

明日真は一度も触れたことがない。恋情に、願望に、欲望に、蓋をして、蒼士のそばで八年間、脳天気な友達のふりを続けてきた。

「おい、なにやってるんだよ」

テーブルに並んだ空き缶を見て、蒼士が目を見開いた。

「別にいいだろ。さっきの人、よかったら飲んでって言ってたし」

さらに新しい一本を取り出そうとレジ袋に手をのばすと、蒼士が袋をどける。

なんだかひどく腹が立った。

「あの人にもらったものだから、俺に飲まれたくないの？」

蒼士は眉を顰める。

「なにわけのわからないことを言ってるんだよ。おまえ、酒弱いだろう。そんなに飲んだら具合が悪くなるぞ」

「うるさいな。返せよ」

取り返そうと立ち上がったら、急に心臓がバクバクいいだして、床がぐにゃっとやわらかくなる。

「明日真！」

酔いでふらつき転倒しかけた明日真を、すんでのところで蒼士が抱き留める。

明日真は床に落ちたバスタオルを眺め、それからすぐ目の前の、蒼士の裸の胸板に視線を向けた。

身体中の血液が沸騰したようで、もう何も考えられなくなる。

明日真を庇って下敷きになっていた蒼士の身体を、そのまま床に押し倒す。

水滴なのか、汗なのか、蒼士の胸の上で光る水玉に唇を寄せる。

「おい、蒼士？」

「さっきは邪魔しちゃってごめんね？　その分、俺がサービスしてあげる」

ずっと触れたかった蒼士の素肌を手のひらで辿り、唇を寄せると、強い力でぐいっと押し返された。

蒼士が怖い顔で明日真を睨み上げてくる。

「おまえ、どういう酔っぱらい方してるんだよ。とりあえず話があるから、そこに座れ」

話？　話ってなに？　あの人とつきあっているとか、そういう話？

この目で見てしまった以上、事実を認めなくてはならないが、蒼士の口から語られるのを聞きたくなかった。聞いてしまったら、もうなにもかも終わりだと思った。

明日真は自分を引き剝がそうとする蒼士の腕を払いのけ、蒼士のハーフパンツのゴムに指をかける。

「悪ふざけはやめろって言ってるだろう！」

不機嫌そうにその手を摑んで引き剝がされると、さらに頭がカーッとなる。

「あの人ならよくて、俺じゃダメ？　なんで？　俺に魅力がないから？」

「いったい何の話をしてるんだ。いいから一回話を聞けよ」

「同情で居候させてやってる相手なんかじゃ勃たないって？」

「……おまえな」

拒まれれば拒まれるほど、明日真は必死になった。

もう、どうにもならない。ここでやめても、どうせもう蒼士とは気まずくなって、元には戻れない。だったら最後に、無理矢理にでも欲しいものをもらう。

明日真は蒼士に馬乗りになって、その唇を強引に奪った。

「……っ、あす……」

抗議の声をキスで封じる。これって犯罪かな。

いけないことだ。蒼士も嫌がっている。わかっているのに、とまらない。ひんやりとした蒼士の唇を自分の唇で押しつぶし、そのあわいに舌をねじ込む。

欲しい。欲しい。蒼士が欲しい。

力だったら圧倒的に敵わない。嫌悪も露わに殴り飛ばされるのは時間の問題。

まるでミルクを欲しがる子猫のように、蒼士の髪に手を潜り込ませて、その唇に必死で舌を這わせていると、急に重力がおかしな感じになる。

ふわっと身体が浮いて、目が回った。酔いで平衡感覚がおかしくなったのだと思ったが、そうではなかった。

身体の上下が入れ替えられ、一瞬で蒼士の下に組み伏せられていた。

驚いて「え」と声を発しようと開いた唇の間から、蒼士の舌が滑り込んできた。

「…………！」

今度は明日真が驚く番だった。

なにこれ……。どういうこと？

驚き戸惑う明日真の舌を、蒼士の舌が追い詰め、搦めとる。

今まで誰とも、触れるだけのキスすらしたことがない明日真は、粘膜を淫猥に嬲られる濃厚なキスに、腰をビクビクと震わせた。

「ふ……ぁ……」

驚きの状況に、明日真は本能的に逃れようと身をよじった。蒼士の下でうつ伏せになって這い出そうとすると、背後からうなじに歯を立てられた。

「やっ……」

痛みとは違う感覚に、背筋を電気のようなものが駆け抜ける。

「おまえが仕掛けてきたんだろう」

蒼士がうめくような声で言う。

どうしよう。怒らせてしまった。

しつこく絡んで、嫌なことをしたから、激怒させてしまったのだ。

「蒼士、ごめん、俺……ぁ……」

ちょっとやそっとでは怒りは収まらないらしく、蒼士はうなじに歯を立てたまま、前に回した手を明日真のシャツの中に滑り込ませてきた。

「あ……」

薄い筋肉と肋骨(ろっこつ)の形を辿り、やがてその指先は胸の小さな突起に触れる。押しつぶすようにいじられると、腰がじわっと熱くなった。

「やっ、蒼士……ごめん、俺が悪かったから……あ……」

「勃ってる」

抑揚のない声で指摘されて、顔が熱くなる。

怒ってる？　呆れてる？　男のくせにそんなところをいじられて感じるなんて気持ち悪いって思ってる？

「見せて」

座布団でも裏返すように、軽く仰向けに返される。

いたたまれず、はだけたシャツの裾を押さえて上半身を隠そうとしたが、蒼士の視線はもっと下に注がれていた。

「……こっちも勃ってる」

ボトムスの上から兆しかけた隆起を触られて、明日真は声を裏返した。

「や……」

「なんで勃ってるの？」

無表情に淡々と訊ねられて、明日真は竦みあがった。

こんな蒼士を見たことがない。きっとものすごく怒っていて、こんな状況で感じている明日真を軽蔑しているに違いない。

蒼士に触られたら簡単に反応してしまうあさましい自分が、ひどく恥ずかしかった。

「ごめん、本当に……」

なんとかそこを隠して蒼士の下から逃れようとするが、蒼士は明日真の太腿に馬乗りになって動きを封じ、明日真のボトムスのベルトに手をかけてきた。

「な、なにを……」

動揺して抵抗する明日真を易々と押さえつけてベルトを外し、ファスナーを開く。

下着もろともずりさげられて、明日真は両手で顔を覆った。

「俺に触られて、こんなふうになってるのか？」

「ごめん……」

「いくところ、見せろよ」

そう言うと、蒼士は明日真のものに触れてきた。

「……っ、や、やめ……」

「敏感だな。びくびくしてる」

すべての言葉が、蔑みと嫌悪を伴って聞こえる。

恥ずかしくて、いたたまれなくて、死んでしまいたいくらいなのに、その無表情な声とは裏腹に繊細な動きで興奮を嬲られると、ひどく感じてしまう。

ずっとずっと好きだった男にされているのだと思うと、いろいろな意味でたまらない。

「やぁ……ダメ、蒼士……ごめん、俺が悪かったから……ぁ……」

逃れようと足掻くが、もはや酔いが回って、自分の身体のコントロールも効かない。

酔ったら勃たないという話を聞いたことがあるが、刺激に不慣れな明日真のそこは、過敏なほど刺激を拾いあげて、高まっていく。

「蒼士、蒼士……ねえ、もうダメ……離して、離せ……」

大きな手で追い上げるようにくちゅくちゅと扱かれて、とうとう限界が訪れる。

「あぁ……ん……っ……」

腰が揺れて、蒼士の手を白濁で汚してしまう。

目が眩むような快感と羞恥とうしろめたさで、明日真は悲鳴のような喘ぎ声とともに意識を手放した。

5

目が覚めると、自分のベッドにいた。昨日の服のまま、きっちりとベルトまでしまっていて、なにごともなかったように毛布の中に横たわっている。

もしかして、夢だったのだろうか？

夢だったとしても、あまりに生々しくて、罪悪感を禁じ得ない。あんな夢を見るなんて、もう末期だ。一日も早く、ここを出ていかないと、大変なことになる。

まだ起きるには少し早い時間だが、シャワーで頭を冷やして身支度をしようと部屋を出ると、いつもはまだ寝ている蒼士（そうし）が、リビングでニュースを見ていた。

明日真（あすま）が入っていくと、少し疲れたような視線を向けてくる。

「大丈夫か？」

訊ねられて、明日真は怪訝（けげん）に蒼士を見つめ返す。

大丈夫って、なにが？

無言で立っていると、蒼士はすっと視線をそらした。

その一連の目の動きで、我に返る。

昨夜のあれは夢じゃなかった。

ショックと、羞恥と、罪悪感。様々な感情で混乱した明日真は咄嗟に、何も覚えていないふりを装った。

「またベッドまで運んでもらったみたいでごめんな。なんかガバガバ酒飲んだことは覚えてるんだけど、その後の記憶が一切なくて……」

「……覚えてないのか、ゆうべのこと」

蒼士が疑わしげなまなざしで見つめてくる。

目を逸らしたら負けだと思い、明日真は瞬きもせずにその目を見つめ返した。

「ぜーんぜん。昨日は仕事でちょっと嫌なことがあったから、蒼士のもらいものの酒、全部飲んじゃってごめんな?」

適当な嘘をでっちあげて、そそくさと浴室に向かう。

シャワーの湯をかぶると、首のあたりがチリチリと痛んだ。

首をひねって鏡を見ると、うっすら歯型がついていた。

昨夜のことが一気にフラッシュバックして、明日真はその場にへたり込んだ。

蒼士につけられた、歯型。触られて、蒼士の手の中でいってしまった。

強い罪悪感と激しい興奮で、足元が覚束なくなる。

最低だ、俺……。蒼士を怒らせて、あんなことをさせて……。すごく申し訳なく思っているのに、思い出すだけで身体中が熱くなる。

シャワーを冷水にして全身に浴び、浴室を出ると、コーヒーの香りがした。いつもは本業の明日真の仕事だが、珍しく蒼士が淹れてくれている。

だが、今はコーヒーどころか水一滴すら飲めないくらい、胸になにかがこみあげてくる。

「ヤバい、俺、今朝仕込みの手伝い頼まれてて、早くいかなきゃならなかったのに、忘れてた！」

大仰なくらいの演技で焦っている様子をアピールして、なにか言いたげな蒼士を振り切るように明日真はスニーカーの踵を踏んだまま部屋を飛び出した。

電車に揺られている間、明日真の頭は思考停止に陥り「やばいやばいやばいやばい」とずっと三文字がエンドレスで繰り返されていた。

店に着いたものの、まだ時間が早すぎて誰も来ておらず、鍵が開いていなかった。

明日真は裏口の前に座り込んで、頭を抱えた。

どうしよう。もう蒼士と顔を合わせられない。

思考のコントロールがつかず、昨夜の記憶がどっと脳内によみがえる。

自分から、蒼士に馬乗りになってキスをした。やめろと言うのも聞かずに無理矢理嫌がることをしたから、蒼士がキレてしまった。

蒼士はひどく手馴れていた。キスも、自分を追い上げた手つきも。

昨日のあの人に、いつもあんなふうにしているのかと思うと、アスファルトに頭を叩きつけたくなる。

中学生の頃からのつきあいで、蒼士は頭に血がのぼると案外容赦ない男だと知っている。

昨夜のあれは性的ななにかなどではなく、明日真の醜態にキレた蒼士がちょっとやりすぎたというだけのこと。

蒼士にそんなことをさせた自分が恥ずかしくて、申し訳なくて、どうしていいのかわからなかった。

万が一、なにかの間違いで蒼士と寝られるようなハプニングが起こったら、その記憶だけを糧にして生きていけるなどと妄想したことが何度もあった。

しかし、実際に起こった出来事はあまりに後味が悪すぎて、思い出して浸れるような要素は微塵もなかった。

ほかの男といい雰囲気になっているところに踏み込んで、激情に駆られて無理矢理迫り、腹を立てた蒼士にあしらわれた。そんな一連の流れを思い出すと、恥ずかしくて情けなくて、この世から消えたくなる。

「あら、吉沢くん。今日はやけに早いのね」

頭上から声が降ってきた。顔をあげると、堀井が胡乱げに明日真を見下ろしている。

「……おはようございます」

「ねえ、その首のうしろのとこ、なにか痕がついてない？」

堀井に上からしげしげと覗き込まれ、明日真はパッとうなじを手で覆って立ち上がった。

「あ……ちょっと、あの、犬に噛まれて……」

「犬？　どこの犬よ。狂犬病とか大丈夫なの？」

「いや、あの……」

「野良犬？　保健所には連絡した？」

「大丈夫です、ぜんぜん、あの、そういうのじゃないから……」

「本当に？」

「本当です！　あ、そうそう、昨日は物件の見積り、ありがとうございました」

話の矛先を逸らそうと、思いついた話題を口走る。

「いい部屋あった？」

自分で振っておきながら、昨日の騒ぎでまだ目を通していないことを思い出す。

「もう二、三日考えさせてもらってもいいですか？」

「いいわよ」

そういえば、あの封筒、どうしたんだっけ？　リビングに置きっぱなしにしてしまっただろうか。蒼士の目についていないといいけれど。

そこからまた、蒼士のことを考え始めてしまい、仕事の間もずっと心ここにあらずの状態だった。

昨夜のことは記憶にないという設定を貫き通そうと思いつつも、繰り返し脳裏をよぎる生々しい出来事に心を乱され、蒼士の前で普通にふるまうなんて無理なんじゃないかと思えてくる。

自分から仕掛けた出来事はもちろんのこと、その前に見た光景はとてもショックだった。

蒼士が、男とあんなことを……。

今日は早番のシフトの日だったが、午後に入るはずだった大学生のバイトが急に都合がつかなくなったため、明日真はこれ幸いとばかりに代打を引き受けた。

仕事が終わったあとも、帰って蒼士と顔を合わせるのは気が重かった。

とりあえず今日は、店で緊急事態が起こって徹夜になったという設定にして、近くのホテルにでも泊まろうかな。そんなことをしたら、明日はもっと帰りにくくなるのはわかっているけれど。

いっそ、このまま数日ホテル暮らしをして、その間に引っ越し先を決めてしまおうか。

そんな姑息(こそく)なことも考えたが、経済的事情がそれを阻止する。給料に見合わない高額なルームシェア料金のせいで、明日真にはほとんど貯金がない。ただでさえ引っ越しで金が必要なときに、いくら安宿でもホテル暮らしなどあり得ない。

服を着替えながら、スタッフルームを見回す。店長に頼み込んで、ここでしばらく寝起きさせてもらおうかな。

　思案しながら通路に出たら、堀井に声をかけられた。

「田辺くんがお迎えに来てるわよ」

　明日真はびくっと身を竦め、目を泳がせた。

「あ……えと、俺はもう帰ったって言っておいてください」

「は？」

　堀井が怪訝そうに眉を寄せる。

　その後ろから、ゆらっと蒼士が姿を見せた。

　ヤバい。本人に聞かれた。

　焦る明日真に、堀井は苦笑いを浮かべる。

「喧嘩でもしたの？　早く仲直りしなさいよ」

　明日真の肩を叩いて、堀井はスタッフルームに消えていった。

　微妙な沈黙が、明日真と蒼士の間に立ち込める。

「……迎えはもういいって言ってあっただろ」

　気まずさのあまり、つい怒ったように言ってしまう。

「だからって居留守なんか使うな」

　明日真の声音に挑発されたのか、蒼士も喧嘩腰に言ってくる。明日真はきまり悪く目を泳がせた。

「おまえに訊きたいことがある」

蒼士はそう言って、通学用のショルダーから不動産屋の封筒を取り出した。

見つかってしまったなら、開き直るほかはない。

「なにって、見ての通りのものだよ」

「……引っ越すつもりか」

「…………」

「なにが不満だ」

「不満とかじゃなくてさ、一生今の暮らしを続けられるわけじゃないだろう」

「どうして?」

真顔で訊かれて「は?」となる。

「どうしてって、友達同士で永遠にルームシェアなんて無理だろ。おまえだって卒業すれば生活形態も変わるだろうし、いつかは恋人ができたり、結婚したり……」

そこまで言って昨夜のことを思い出す。蒼士がこっち側の人間だとすると、結婚はないのか……。

「とにかく、いつまでもおまえの世話になってるわけにはいかないんだよ」

「世話なんかしてない。家賃ももらってるし、食事もほとんど明日真が作ってる。世話されてるのはむしろ俺の方だ」

「そういう問題じゃなくて……」

自分の気持ちを隠して、かつ蒼士に失礼ではない理由を探そうとしばし考え込んだが、結局波風立たせず、傷つけあわず、悪者にもならないなんていう都合のいい解決法はないのだと思い至る。

「俺は、一人でやってみたい。東京での生活に慣れることができたのは、蒼士のおかげだ。すげえ感謝してる。でも、プライバシーのない生活って、やっぱ疲れるなって。自分だけの城っていうのにも憧れるしさ」

頼るときだけ頼って、身勝手なやつって思われたかな。でもしょうがない。いっそ嫌われるくらいの方が、諦めがつく。

勝手なやつだな。

好きにしろよ。

そんな言葉を投げつけられるのを待ったが、蒼士が苛立ちを嚙み殺すような表情で口にしたのは、まるで違う台詞だった。

「そんなの、俺が許さない。おまえはずっと俺と一緒に暮らすんだ」

「……は？」

思わずポカンと蒼士の顔を見つめてしまう。

自分と一緒にいることで蒼士にどんなメリットがあるのか、皆目見当がつかない。一人で暮らせば、カレシだかデリバリーホストだかを呼ぶために、同居人の留守を狙ったりする面倒もなくなるのに。

まさかの金づる説が有力ってことか？

「ひとまず帰るぞ」

腕を摑まれたとたん、昨夜のことを思い出し、身体がびくっと震える。

「離せよ！」

手を振りほどこうともがくと、さらに強く摑まれる。

「離せって言ってるだろう！　昨夜だって、俺は離せって何度も……」

口走ってから、しまったと思う。

蒼士は明日真を見つめる目を細めた。

「……昨夜のこと、やっぱり覚えてるんだな」

「……っ、知らねえよ！」

もみ合っていると、スタッフルームから堀井が顔を出した。

「なに騒いでるのよ」

「あ……すみません」

明日真は声のトーンを落とす。堀井に迷惑をかけるわけにはいかず、蒼士に促されるまま店を出た。

ヤバい。どうしよう。記憶がないふりを貫き通すつもりが、早々にしくじってしまった。気まずくて逃げ出したかったが、気配を察した蒼士にひと睨みされると、身が竦み、結局無言のまま電車に乗り、マンションへと帰る。

エントランスの前まで来たとき、壁にもたれてスマホをいじっていた人影が、顔をあげた。

昨日のカズマという男だった。

「遅っせえよ。つか未読スルーやめろよ」

昨日と同じように黒ずくめの美しい男は、蒼士に甘えるように口を尖らせる。

なに、この悪夢。昨日の再現かよ。

「……なにしてるんだよ、こんなところで」

「昨日、蒼士の部屋にライター忘れたから、取りに来たんだよ。何度もメッセージ送ったのに、見もしないってなんなんだよ」

明日真はじりっとあとずさりながら、震え声で言った。

「俺、今夜は店に泊まるから」

「ばかなことを言ってないで、来い」

蒼士にぐいっと腕を摑まれ、頭の中がぐちゃぐちゃになる。

なにこいつ。どういう神経？　デリバリーホストと俺を同じ部屋にあげるとか。

い。

明日真の気持ちを知らないとはいえ、同居人とそういう相手を同席させるなんて信じられない。

だが、公道で言い争うわけにもいかず、渋々三人で部屋に向かう。

ライターは、リビングのローテーブルの下に落ちていた。

昨日、この周辺で何があったか思い出すと、頭がおかしくなりそうだった。

「ほら。ライターは返したから、今日は帰れよ」

「散々待たせたんだから、お茶くらい出してくれても罰は当たらないと思うけど」

「勝手に待ってたんだろう」

二人の言い争いは、じゃれ合いにしか聞こえない。いたたまれなくて自分の部屋に引っ込もうとすると、蒼士に呼び止められた。

「明日真。話があるからここで待ってて」

「俺はない」

「明日真」

「おまえはそこで、そいつとベタベタしてればいいだろ！」

腹立ちまぎれに吐き捨ててみたものの、自分が情けなくて目の奥が熱くなった。

なにやってんだよ、俺。バカじゃないのか。

「待てってて」

強く肩をひいて振り向かされた勢いで、涙がぼろっとこぼれ出す。

焦って回収しようとしたが、間に合わなかった。

ぼやけた視界に、蒼士とカズマが二人して驚いたように目を見開くのが見えて、悔しいのと恥ずかしいのとで、その場にしゃがみ込んで膝に顔を埋めた。

「チ……クショウ」

いい歳して人前で泣くなんて。最低最悪だ。

「……明日真、ごめん、痛かったか？」

蒼士が見当違いの心配をしてくる。

明日真は涙を止めようと、無言でぎゅうぎゅう唇を噛んだ。

「あーあ、泣かしちゃった」

カズマが無責任に茶化してくる。

「だいたい蒼士は乱暴なんだよ。俺のことだってすぐ小突いたりするし」

「あんたが小突かれるようなことばっかかするからだろ」

「俺は誠心誠意やさしーく蒼士に接してるぞ」

「どこがだよ、このクソ兄貴」

いちゃいちゃ話なんか聞きたくもなくて、耳を覆いかけた明日真は、蒼士の最後の台詞に「え？」となる。

「……兄貴？」

くぐもった声で呟くと、蒼士がしゃがんで明日真の顔を覗き込んできた。

「ああ。腹違いの兄。おまえ、昨日の時点で気付いていただろう？」

「……は？　知らないよ、そんなの」

蒼士は怪訝そうに眉根をよせた。

「だっておまえの方から確認をとってきたじゃないか」

「確認……？」

明日真は混乱した頭の中を引っ掻き回して記憶を辿る。

「……名刺を見て、この人って……って訊いたやつ？」

「ああ。そういうことだって、答えただろう」

明日真は涙でむくんだ目を見開いた。

「は？　なんだよ、それ。俺は『デリバリーホスト』っていうところを見て、そういうサービスの人を呼んだのかって訊いたんだよ」

今度は蒼士が唖然とした顔になる。

「名前を見て、兄弟だって察したんじゃなかったのか？」

「……デリバリーホストに衝撃受けすぎて、名前なんか見てない」

「えー、ちゃんと見てよ」

割り込んできたカズマが、明日真に新しい名刺を手渡してくる。デリバリーホストの横に、田辺カズマと名前が印字されている。

「離婚後も、母親が旧姓に戻さなかったから、俺もそのままなんだ」

明日真は放心状態で名刺とカズマを交互に見やり、それから蒼士とカズマを見比べた。

「……だって全然似てないし」

「半分しか血がつながっていないうえ、俺は母親似で、蒼士は親父似だからね」

「……昨日はそこでいかがわしいことをしてて、とても兄弟って雰囲気じゃなかったし」

カズマは噴き出した。

「あれはさ、ここで言い争ってたら、蒼士がラグに足をひっかけて、俺を巻き込んで転んだの。タイミングよくそこにきみが帰ってきたんだよ」

あの、忌々しいラグ。

そういえば、あのとき蒼士はめくれあがったラグを直していた。

「……兄弟なら、普通に会えばいいじゃん。なんで俺の留守にこそこそ会うんだよ。最近電話でヒソヒソ話してたのも、お兄さんと？」

蒼士はきまり悪げに頭を掻いた。

「実家の相続とかのややこしい話だったから、明日真に聞かせたくなかったんだよ。おまえ、案外気にするだろ、そういうの」

卒業後に蒼士が実家に帰るのかどうかは、常に気にはなっている。口に出したつもりはないが、そういう気配を出していて、気付かれていたのだろうか。

「こいつさ、俺に跡継ぎを丸投げしてくるんだぜ？」

カズマがいいつけるような口調で言う。

「別に跡を継げなんて言ってない。俺はそれも含めて、相続も一切合切放棄するって言ったんだ。俺の分も、あんたが取ればいい」

「そうやって、追い出された前妻とその息子に気を遣ってくれるわけよ、このかわいい弟はさ」

「気なんか遣ってない。俺は今の生活が気に入ってるし、今後もあの家に帰るつもりはない」

「だからおまえも、面倒なことは拒否して、もらえるものだけもらえばいいだろう」

「俺はじいさんから生前贈与でいろいろともらってる」

カズマはくるりと明日真の方に顔を向けた。

「というような話を、昨日も口角泡を飛ばして論じてたわけよ」

……なにそれ。

明日真は頭の整理がつかなくて、口を開けたり閉じたりした。

つまり、すべては俺の誤解で、滑稽な一人芝居だったたってこと？

勝手に嫉妬(しっと)して、勝手に蒼士を押し倒して、逆にキレられて、取り返しのつかないことになって……。

「ところで」

カズマは明日真に実用性が薄げなてらてらしたハンカチを差し出しながら、訊ねてきた。

「きみのその涙の理由はなに？」

「………っ」

答えられないまま、どんどん顔が熱くなっていく。

恥ずかしい。バカすぎる。穴があったら入りたい。

「まあいいや。ライターは見つかったし、今日のところはこれで」

ポンポンと明日真の頭を撫でて、カズマが玄関に向かおうとする。

明日真は焦って呼び止めた。

「待って！　あの、コーヒー、コーヒー淹れるから……」

お茶くらい出してくれても罰は当たらないと思うけど、という、さっきのカズマの冗談めいた発言を蒸し返す。

別にもてなしたい気分になったわけではない。この状況で蒼士と二人きりにされたくなかった。

昨夜から、激情のままに行動していたが、事実がつまびらかになってみれば、自分の言動は相当異常だった。二人きりになったら、蒼士にあれこれ問いただされるに決まっている。

カズマは明日真を振り返って、ふっと微笑んだ。

「明日真くん、カフェに勤めてるんだってね。プロのコーヒー、ぜひご馳走になりたいけど、蒼士がすっげえ邪魔って顔してるから、また今度にする。俺もこのあと仕事入ってるし」

「じ……じゃあそこまで送ります」

カズマと一緒に部屋を出て、何ならそのまま遁走しようと思ったが、後ろから蒼士に腕を掴まれた。

「話がある」

低い声で言われて、びくっと身体が震える。

「おい、あんま凄むなよ？　明日真くんも、蒼士にご無体なことされそうになったら、その名刺の番号に電話して。時給五千円で救出にくるから」

茶化すように言って、カズマは玄関に消えた。

玄関扉がバタンと閉まる音に、心臓が跳ね上がる。

しんとした部屋に、蒼士と二人きり。様々な感情が入り乱れて、心臓が口から飛び出しそうになる。

「とりあえず、そこに座れ」

掴んだ手で誘導されて、明日真はソファに座らされた。蒼士は少し間をあけて隣に座り、落ち着かなげに足を組む。

「……まず、昨日は乱暴なことをして、悪かった」

なにか問い詰められたり怒られると思って身構えていたら、いきなり謝られて、逆に焦る。

「いや、あれは俺が最初に……」

慌てて言って、途中でもごもご口ごもる。昨日のことを思い出すと、頭の中がチカチカする。

蒼士はゆっくり明日真の方に視線を向けた。

「なんであんなことをしたんだ？」

意識してか無意識か、指先で自分の唇を触る蒼士の仕草に、昨夜自分から仕掛けたキスを思い出して、顔が焼け焦げそうになる。

なんでって、蒼士が男とイチャついてるのを見て、嫉妬にかられたから。

だけどそもそも、ただの友達同士なら、相手のそういう現場を見たとしても、あんな行動に出るはずがないわけで。

なんで？　の答えは、蒼士が好きだから。

しかしそんなストレートな答えを口にするのは恥ずかしすぎて、明日真はクッションを抱えて視線を逸らす。

答えない明日真を無理に問い詰めようとはせず、蒼士はテーブルの上の不動産会社の封筒に顎をしゃくった。

「じゃあ、これはどういうことだ」

それだって、理由は同じだ。蒼士が好きだから。自分の気持ちを隠して、いつか蒼士に特別な相手ができることに怯えながら同居を続けるのが怖くなったから。

なにを訊かれても答えられずに、ぎゅっと唇を引き結んでいると、蒼士がさらに訊ねてきた。

「引っ越すような金、あるのか？」

「……不動産屋さんが店長の身内で、敷金礼金ゼロの安めの物件を探してくれたから、ギリギリなんとかなると思う」

蒼士は大きなため息をついた。

「こんなことなら、ルームシェア代、もっと吹っ掛けて、いっそ借金でも背負わせておけばよかったかな」

低い声で呟かれた物騒な台詞に、ぎょっとする。

なにそれ。まさか、本当に金づるにされてたってこと？

驚きと疑問で明日真がもの問いたげな視線を向けると、蒼士は「なに？」と水をむけてきた。

「……金づるにするなら、蒼士が最初に禁止した夜の仕事の方が、格段に稼げて、絞り甲斐があったと思うけど」

蒼士はふっと笑った。

「金づるって。家賃を受け取っていたのは、明日真の手元に金が残らないようにして、ここから出て行けなくするためだ」

「え……」

なんだかすごいことを言われている気がするが、咄嗟に意味が理解できない。

蒼士は立ち上がると、テレビ台の下の引き出しから小さなノートのようなものを持って戻ってきた。

手渡されたのは、明日真名義の預金通帳だった。開いてみると、毎月十万円ずつ入金されており、残高は三百万近かった。

「え、なにこれ。まさか家賃を貯めてたの？　なんで俺の名義？」

「引っ越してきてすぐ、一緒にいくつか口座を作っただろう」

確かに、各種手続きで蒼士と一緒に銀行や役所を回った記憶はある。しかしそういうことに無頓着な明日真は、給料振り込み用の口座以外、まったく覚えていなかった。

「それはいつか、おまえが自分の店を開業するときの資金の足しにでもすればいい」

「店って……」

「でも、引っ越しには使わせない。おまえは一生、俺と一緒に暮らすんだ」

大真面目な顔で言われて、明日真は目を見開く。

「な……なに言って……」

「初対面のときから、おまえのことが好きだった」

「……は？」

明日真は、自分が馬鹿になったんじゃないかと思った。

こいつ、いきなりなに言ってる？

「……し、知らないよ、そんなの。聞いてないし」

「言ってないからな。でも、態度では示してきたつもりだ」

「示された覚えがない」

「それはいくらなんでも愚鈍すぎる」

責めるように言われて、ついムキになる。

「いつ示したんだよ。何時何分何曜日、地球が何回まわったとき？」

「……小一か、おまえは」

「……っ」

だって動揺しすぎて、なにがなんだかわからない。

「一緒に東京に行こうって誘った時点で、普通は気付くだろう」

「同情だったんじゃないのか？」

明日真が言うと、蒼士が呆れたような視線を向けてくる。

言われてみれば、十八歳男子が単なる同情でそこまでする方が不自然ではある。だが、自分のこととなると、そうとしか解釈できなかったのだ。

「それに、中三のときにも一度コクってるだろう」

「は？」

「好きな相手と並ぶ席替えで、俺はお前を選んだ」

驚きすぎて、目玉がポロッと落ちそうになる。

「あれはだって、お互い誰からも声がかからなかったらっていう……」

「そんなの、照れ隠しに決まってるだろうが」

決まってるって……。

視界がぐるぐる回ってよじれる。

「わかんねえよ、そんなの！　はっきり言えよ！」

「だって、はっきり言ったら怖がらせるかもしれないだろう」

「なにそれ」

「おまえ、中一のとき、クラスのアホガキに身体を触られて、すげえ固まってただろうが」

「それは……」

「その後も、なにかにつけ同性から言い寄られて、げんなりしてたのも知ってる。そばにいる俺にまでそんな目で見られてるって知ったら、人間不信に陥るだろう」

なんだよそれ、なんだよそれ、なんだよそれ……。

「こうやって同居にこぎつけて、こうして毎日一緒にいれば、おまえは情に絆(ほだ)されて、このまずっと俺と一緒にいてもいいって思うようになるんじゃないかって、期待してた。そしたら昨日のアレで……」

いつの間にか、蒼士が間合いを詰めてきていて、明日真はクッションを抱えてソファの隅まであとずさった。

「おまえにキスされて、心臓、ぶっこわれるかと思った。ずっと我慢してた分、いきなり箍が外れて……」

間近に迫った蒼士の顔の前で、明日真は自分の顔がどんどん熱くなっていくことに動揺する。

「無理矢理したことは謝るけど、おまえ、感じてたよな？」

「な……」

「そもそも仕掛けてきたのはおまえの方だし」

明日真は目を泳がせた。

「だ……だって、おまえが知らない男といかがわしいことしてるって思って、ついかっとなったんだよっ」

蒼士はじっと明日真を見つめてくる。

「それってつまり、おまえも俺のことを、そういう意味で好きってことだよな？」

畳みかけるように言われて、頭がくらくらする。

信じられない。なにこれ。ずっとお互いに片想いしてたってこと？

歓喜すべき場面であり、実際、頭の芯の方では何かが炸裂しているのだが、いきなりすぎたのと、恥ずかしいのとで、うまく反応できない。

「そ……そうだったら悪いかよっ！」

　普通に好きだと言えずに、つい喧嘩口調になってしまう。

　蒼士の顔に喜色が広がるのを見たら、なんだかもっと恥ずかしくいたたまれなくなって、噛みつくような声で言う。

「お、俺だって、中一のときにおまえに庇われたときから、ずっと好きだったし」

「明日真」

「言っておくけど、俺の方がちゃんとした好きだからな」

「……なんだよ、ちゃんとした好きって」

「おまえが初対面からって言うのは、要するに俺の見た目が好きってことだろう。そんなやつ、この世に山ほどいるんだよ。おまえはその中の一人。全然ふつう。そんなの特別の好きでもなんでもない」

　傍で聞いていたら、なんて傲慢なやつだと思われそうな台詞だが、明日真にとっては傲慢どころか自虐の極みだった。見た目が人目を引くことは、重々自覚している。そして、それはいつかは衰え、失われていく。

　見た目を目当てに寄ってきた相手は離れていくのだと、母親を見ていた経験から知っている。

「俺は見た目じゃなくて中身でおまえを選んだんだから、俺の方が百万倍おまえが好きってことなんだよ」

いや、そんなことで勝ち誇ってみせてどうするんだよ。これってなんの争いだ。

蒼士は苦笑いを浮かべる。

「最高の告白をもらえて嬉（うれ）しいけど、そこまで下げられるほど、自分の見た目がひどいとも思わないんだが」

「うるさい、ゴリラ！」

うわぁ、もう俺、なに言ってるんだよ。

「こんなゴリラでも、あの席替えのときには女子から五人ほど誘いを受けたんだけど」

思いがけない打ち明け話に、明日真は「え？」となる。

「ついでに、おまえに声をかけそうなやつらは、男女ともに片っ端から釘を刺して回ったから、おまえには誰からも声がかからなかっただろう」

「…………」

確かにその通りだった。

明日真はクッション越しに蒼士を見上げた。

照れ隠しでゴリラだなんて罵（ののし）ってみたけれど、蒼士がかっこいいのは充分知っている。昔も今も、そりゃモテるだろう。

そんな蒼士から、中学生の頃の独占欲を打ち明けられたら、胸の奥がきゅうっとよじれた。

蒼士の手が、明日真の頰にのびてくる。

今までされたこともないようなやさしい仕草で触られた。

「夢みたいだ。こんなふうに、気持ちが通じ合って」

キスされる、と気付いて、明日真は「わー！」と大声をあげて、二人の顔の間にクッションをねじ込んだ。

「無理無理無理、無理っ！」

「なにが無理なんだよ」

「おまえとキスなんかしない！」

「なんでだよ。今、両想いだって確認したし、キスなら昨日だってしただろう？　しかもそっちから」

身体中からどっと汗が噴き出す。

「あ、あれは、やけくそっていうか、最初で最後だと思ったから……」

「なんで最後なんだよ。俺はこれから毎日おまえにキスする。キス以上のこともな」

「バ……っ、しねえよ、ぜったい！　顔目当てのやつとなんかつきあう気ないし」

「確かにおまえの顔は好みだ。美人は三日で飽きるとか言うけど、八年毎日見てても全然飽きないくらい好きだ」

「……よく真顔でそんなこと言えるな」

「八年間言いたくてうずうずしてたんだ。それに、おまえの魅力は顔以外にもたくさんある」

「ねえしっ」

「おまえの淹れるコーヒーは世界一おいしい」

「そんなの、俺より上手いやつは山ほどいるだろう」

あわあわしながら言い返すと、蒼士はじっと明日真を見つめてきた。

「俺は、おまえが淹れたコーヒーが、一番好きだ」

額がくっつくような距離で噛んで含めるように言われて、心臓が爆ぜそうになる。

「そ……それはどうも」

「おまえが作る飯もこの世で一番うまいと思う」

「…………」

「髪がやわらかいから、寝起きの寝癖がひどいところもかわいいと思う」

「な……」

「箸のやけに下の方を持つ不器用気な食べ方も好きだ」

「…………」

「見た目と裏腹に、字がへたくそなところも、トイレットペーパーの切り方が雑なところも、ゲームに夢中になると半口開けて、たまに涎をたらし……」

「おい！　それむしろディスってるじゃねえかよっ」

明日真がクッションを跳ね飛ばして反論すると、蒼士はさらに顔を寄せてきた。

「そういう全部が好きだよ。きれいなところも、ダメなところも」

「っ……」

身体が液状化したみたいなへんな感覚に陥り、明日真はソファの背もたれと肘掛(ひじかけ)の間でずるっと腰を抜かす。

力が入らないでいると、唇を奪われた。

「ん……っ」

反射的に押し返そうとしたけれど、すぐにつっぱる手から力が抜け、むしろすがりつくように蒼士のシャツをくしゃくしゃに握りしめる。掴まっていないと、自分が形状を失いそうなくらい、両想いのキスは明日真を甘く溶かした。

きれいな部分だけではなくて、欠点だと思われそうなところまで、好きだと言ってくれる蒼士。

「……ぁ……くっそ。覚えてろよ。いつか、俺がめっちゃ老いさらばえて、しわくちゃになって、おまえの愛情が枯渇しても、もう離してやんねえからなっ」

「どんな明日真もきれいだし、枯渇なんかするわけない」

「……口ではなんとでも言えるけどな」

照れ隠しもあるし、長年かけて植え付けられた呪縛(じゅばく)はそう簡単には解けないこともあり、ついひねくれた言い方をしてしまう。

　こんな夢みたいなことが今日、自分の身の上に降りかかるなんて思ってもいなかったから、どう反応していいのかわからない。

　蒼士は熱を帯びた挑戦的な目で、明日真を見下ろしてくる。

「それは言葉以外で証明しろっていう誘いか？」

「ば……っ、違うし！」

「幸い、枯渇どころか、滾（たぎ）りまくって困ってる。八年分の想いを、注ぎ込ませてもらっていいか？」

「……それ、なにかの比喩（ひゆ）？」

「いや、文字通り」

　そう言って、蒼士は明日真に腰を押しあててきた。

　硬い隆起を太腿に押し付けられて、明日真は視線を泳がせる。

「変態ゴリラ！」

「……イヤか？」

「……だって……急すぎて心の準備ができてない」

「準備なんかいらないよ」

「待って、じゃあ、シャワー浴びてくるから」

「必要ない」

「必要なの！　俺、今、めっちゃ変な汗かいてるから」

蒼士は明日真の首筋に顔を埋めてくる。

「明日真の汗の匂い、好きだよ」

「うるさいっ！　バカ！　変態ゴリラ！」

「うん、変態だし、ゴリラでいいよ。人間じゃないから、もうここからは人語は解さないから」

そう言うと、再び唇を奪われ、むしりとるような勢いでシャツの前をはだけられた。

「んっ……っ……」

大きな手のひらで慈しむように身体を撫でまわされると、ざわざわと肌が粟立っていく。つられて粟立った胸の突起が、蒼士の指に捕獲される。

「……ぁ」

「ここも美人」

「……っばっか野郎！　あ、あ……」

やさしく指でつまんでこねられると、腰が勝手に跳ねて蒼士の腰に押し付けられ、雄々しい隆起を生々しく感じさせられる。

八年間片想いをしていた愛おしい男に触られていると思うと、感覚が怖いくらい鋭敏になって、明日真は半泣きで身をよじった。

「やだ……そこ……っ」

「ああ、すごい敏感だな。ここをいじると……」

もう一方の手が、ボトムスの上から明日真の興奮をなぞる。

「こっちもびくびくなる」

「……だって、おまえが、いやらしく触るからっ。昨日だって……」

「ごめんな？　昨日は急におまえに襲いかかられて、ずっと我慢していたのに理性の箍が外れて、少し乱暴にしたな」

「……怖かった。蒼士、すっげえ無表情に俺のこと見てるから、軽蔑されてるんだと思った」

「逆だよ。興奮しすぎて、表情筋が死んだ」

「なんだよ、それ」

「今日はめっちゃやさしくする」

「あっ……」

蒼士はくちづけを顎先から鎖骨へとずらしていき、ぷっくりと勃ちあがった明日真の胸の突起に甘く舌を絡めてくる。

「やぁ……っ」

「ここ、気持ちいい？」

「……わけない！　女じゃないしっ」

感じすぎて、逆に意地になって言い張ると、蒼士は「ふうん」と少し意地悪に微笑んだ。

「じゃあ、もっと気持ち良くなるまで、いじってやらないとな」

歯と歯の間に、痛くないギリギリの強さで挟んで束縛された突端を、熱い舌先でいじめられると、腰の奥が疼いて変な声が出た。

「や、やだ、それ、もうやめろって……っ」

「ダメ。明日真がうんと気持ち良くなるまでやめない」

「……っ、……もちいい、いいから、もう……」

「本当？　じゃあ、もっと気持ちよくしてやる」

舌先で押しつぶすように嬲られながら、ボトムスの上から興奮を愛撫されると、感じすぎて目の前がチカチカした。

「あ、ダメ、出ちゃう、出ちゃうからぁ……」

制止する意図で言ったのに、蒼士はボトムスのボタンに指をかけてきた。

「それじゃ、汚さないように脱がないとな」

下着ごと、ボトムスを引き抜かれる。昨日もいかされたというのに、そこはもうガチガチに硬くなって、先端が潤んでいる。

「あぁ……」

「昨夜も思ったけど……」

溢れ出す透明な粘液を、敏感な先端に塗り込めながら、蒼士がうっとりと言う。

「ここも、めっちゃ美人。しっとり濡れて、感じすぎて涙を流してる」

「……いちいちうるさいしっ。変な実況中継やめろよ」

恥ずかしすぎて両膝を閉じようとするが、逆に膝裏を摑んで、強引に割り広げられた。

「じゃあ、うるさい口は塞いでおくか？」

どういう意味かと思ったら、蒼士は明日真の興奮に唇を寄せてくる。意図を察してずりあがろうと思ったが、遅かった。

蒼士の大きな口の中に自分のものが飲みこまれていく淫靡な光景と、その生々しい感覚に、明日真は悲鳴をあげた。

「ばかっ、や、やぁ……あ……っ」

ぬるりとおいしいキャンディーでもしゃぶるように舐めなぶられて、羞恥と興奮で気が遠くなる。

いっそ本当に気を失ってしまいたいくらいだが、唾液が伝った後ろの方を、指先でたどられて、俄かに正気に戻る。

「ちょっ、どこ触って……」

「ダメ？　明日真が嫌なら、我慢する」

明日真だって子供ではないし、正直な話、蒼士と身体をつなげる妄想を何度もしたことがある。

恥ずかしさと動揺でまだ気持ちがついていかない部分はありつつも、男前な蒼士に興奮を噛み殺したような顔で「我慢」なんて言われたら、ギャップ萌えで胸がそわそわしてたまらなくなる。

それに、自分だけみっともなく喘がされるより、蒼士と二人で感じ合いたい。

「……ダメ、じゃない。できるかわかんないけど……」

どうやら、さすがにがっつきすぎで断られると思っていたらしい蒼士は、明日真の返事に欲情のオーラが可視化されたかのように熱っぽい瞳になった。

「すげえ嬉しい」

再び明日真のものに舌と唇で熱心な愛撫を施しながら、後ろのすぼまりを指で探ってくる。

今しも爆ぜてしまいそうだった興奮は、後ろを探られるおののきで少し薄まり、頂点の少し手前を行ったり来たりするはめになる。

引き延ばされた快感に頭がおかしくなりそうで、明日真は甘い声をあげながら、蒼士の髪をぐしゃぐしゃにかき乱した。

「あぁ……や、なんか、ヘン……」

最初は一本ですらきつきつだった場所が、少しずつ潤んで、三本目の指が穿（うが）たれる頃には、じれったいようなもどかしいような感覚が腰にわだかまり、じっとしていられなくなる。

浅いところを行ったり来たりしていた指が、少し奥まで侵入してきたとき、突然感電したみたいな感覚が下半身に走った。

「やぁ……っ」

喉奥から、自分のものとも思えない甘ったるい声がこぼれ、メーターが一気に振り切れた。我慢する余裕もなく、蒼士の口の中で頂点を極めてしまう。

「あ……っ……」

すべてを舐めとるように執拗に絡み付いてくる舌とは裏腹に、明日真の中を嬲っていた指はずるりと引き抜かれる。

明日真のものを清め終わった蒼士は、ゆらっと身を起こし、自分のボトムスの前を開いた。まだ生々しい異物感が残っている場所に、何もしていないのに完全に臨戦状態になっているものをぐっと押し当ててくる。

「あ……」

あてがわれたときには、絶対無理だと思ったのに、蒼士が身体を前にのめらせると、それはゆっくりと、みっちりと、明日真の中に入ってきた。

目の前にある蒼士の男っぽい顔が、官能を宿してわずかに歪む。

「……痛いか？」

その硬度からして、相当切羽詰まっているだろうに、蒼士はいったん動きを止めて、気遣わしげに訊ねてくる。

押し広げられるわずかな痛みはあったたし、あられもない格好を上から見下ろされるのがひどく恥ずかしかったが、それよりも、蒼士とセックスをしているという興奮と歓びの方が何倍も勝った。

「平気、だ……から、早く、もっと奥まで……」

すがりついて懇願すると、蒼士がぶるっと身を震わせた。

「あんまり煽るな。理性がぶっちぎれて、明日真を壊しそうだ」

「……いいよ、蒼士にならば。壊されても」

理性がぶっちぎれているのは、明日真の方らしい。誰にもさらしたことのない場所を蒼士に犯されて、思考力が完全に崩壊する。

「明日真……」

「蒼士、好き……ずっと好きだった……俺、幸せすぎて死にそう……」

力の入らない腕を必死で蒼士の首に回してしがみつくと、蒼士が口の中で「くそっ」と忌々しげに言った。

「おまえ……俺を殺しにきてるだろ」

「あっ、あ、ダメ……」

出し入れするのと同じリズムで前を扱かれて、再び芯を取り戻しかけていたものが、あっという間に興奮の頂点に近づく。

「やぁ……両方は無理、無理だからぁ……」

「明日真がかわいすぎるのが悪い」

「あ、あ、奥、なんかヘン、や、なんか来るぅ……」

「声、エロすぎ……」

蒼士は上擦った声で言って、明日真にくちづけてくる。

このうえ、口腔まで同時に犯されたら、本当にどうにかなってしまうと、明日真は蒼士の舌を押し返そうとする。

「俺……の、ものを飲んだ口で、キスとかすんなよ、バカっ」

「いいだろ。おまえの、おいしかったし」

「そんなわけな……っ」

抵抗虚しく、あっさりと唇を奪われ、苦くて熱い舌で、セックスと同じ動きで口の中を穿たれる。

溢れた唾液が首筋からうなじへと伝い、その感覚にさえ感じまくってしまう。三か所を同時に愛されてはたまらなかった。

蒼士が達する動きに導かれて、明日真もまた、目が眩むような頂点を極めた。

「……っ………」

達したあと、しばらくは、声を発することもできなかった。めまいがするような激しい呼吸がようやく落ち着いてくると、明日真は自分のしどけない格好にはっと我に返る。

裸でべとべとの下半身。胸元まではだけたシャツ。ぼさぼさに乱れた髪。そしてどちらのものともつかない唾液で濡れた唇。

自分では見えないけれど、きっと涙と興奮で目も血走ってすごいことになっているに違いない。

慌てて口元を拭いながら、蒼士の下で強引に身をよじってうつ伏せになり、ソファの座面と背もたれの隙間に顔を埋めるようにする。

「明日真？　どうしたの？」

蒼士が甘い声で訊ねてくる。

「……俺、今どこもかしこもすごい不細工だから見ないで」

「なに言ってるんだよ」

「おまえが好きっていってくれる、とりすました俺じゃないから。見たら百年の恋も醒める」

「つい今しがたまで見てたけど」

「男は、射精したらとたんに冷静になる生き物なんだよ」

明日真だって男だから、それはよくわかる。

「ふうん」

蒼士は含みありげに言うと、するっと明日真の尻たぶを撫で、左右に割り広げた。

「この体勢、今度は後ろからしてっていうおねだり？」

「ばっ……！」

今だって死にかかっているのに、立て続けにそんなことをされたら、本当に死んでしまう。

慌ててばっと身体を起こすと、蒼士が顔を覗き込んできた。

「ほら、どこが不細工なんだよ。いつもよりもっと美人で色っぽくてかわいい」

明日真はクッションを拾いあげて、蒼士の顔に叩きつけた。

「いってぇ。なにするんだよ」

「おっ、おまえが恥ずかしいことばっか言うからっ。昨日まではもっと俺のことぞんざいに扱ってたくせに、急にキャラ替えんじゃねえよっ」

「必死で演技してたんだよ。普通の友達の演技を。今日から本音を解禁していく。おまえは世界一かわいい」

ちやほやされることには慣れているつもりだったが、蒼士に言われると落ち着かなくて、いたたまれない。

「蕁麻疹出そう……」

「失礼なやつだな」

不満そうに口を尖らせ、蒼士はふわっと明日真を抱きしめてきた。

「ずっと言いたくて言えなかったんだ。少しは言わせろよ」

冗談とも本気ともつかない蒼士の言葉に、ふるっと胸が震える。

明日真は自分のことでいっぱいいっぱいだったけれど、蒼士だってずっと明日真を思って、それを表に出さないまま、傍(かたわ)らにいてくれたのだ。

「……恥ずかしいだけ。本当は嬉しい」

「うん。明日真。かわいい大好きだよ」

「お……俺の方が好きだし」

「ホント？　じゃあ、もう一回後ろからしてもいい？」

「それは無理っ！」

必死で返すと、蒼士は明日真をぎゅうぎゅう抱きしめて笑った。

「わかった。じゃあそれはまた今度。でも、しばらくこのまま、幸せを実感させてもらってもいい？」

返事の代わりに、明日真はそっと蒼士の背中に手を回し、この幸せが本物だとしっかり実感できるまで、蒼士をぎゅうっと抱き返した。

きみに言いたい秘密がある

1

明日真は夏の朝が好きだ。

外が明るくなるのが早くて、スマホのアラームが鳴るより早く自然と目が覚めるのが心地好い。

あまり遮光性の高くないカーテンごしに、今日も暑くなるぞという日差しの気配が伝わってきて、半覚醒の頭の中がうずうずしてくる。日照時間が短いとうつ病の発症率が上がるという話を聞いたことがあるから、いわばその真逆のテンションなのかもしれない。

伸びをしながら寝返りを打つと、隣で寝息をたてている蒼士の頬に額がぶつかった。それで今まで枕だと思っていたものが、蒼士の二の腕だったことに気付き、覚醒が一気に進む。

そうだ、俺は蒼士と恋人同士で、こんなふうに腕枕で眠る関係なんだと、すでに何度目か知れない感慨にとらわれ、気恥ずかしいような幸福感にうっとりする。

そっと身を起こして、蒼士の顔を眺める。眠っていても強面だなと、にやにやしてしまう。

蒼士を起こさないようにベッドを抜け出して、明日真は洗面所に向かった。

顔を洗って、寝癖を直しながら鏡の中の自分を見つめる。

右側の頬に、蒼士のTシャツの袖(そで)のラインが型押しされている。

鎖骨の下には、昨夜蒼士につけられたキスマークが二つ。

「……ぶっさ」

独り言を呟(つぶや)きながらも、顔がにやけてしまう。

リビングに向かうと、ホットプレートのスイッチを入れた。一度は封印したホットプレートだが、最近はまた朝晩大活躍している。

八枚切の食パンを四枚取り出し、アボカドとベーコンとチーズを挟んだサンドイッチを作って、ホットプレートに並べ、空いたスペースに卵を二つ落として、蓋(ふた)をする。

焼けるのを待つ間に、コーヒーの準備をする。

蒼士の分はいつでも飲めるように保温タンブラーに入れておこうと思ったのだが、ドリップしている最中に起きてきた。

「昨夜も遅かったんだから、まだ寝てていいのに」

明日真が声をかけると、蒼士は手櫛(てぐし)でガシガシと髪をかきあげ、伸びをする。

「おまえこそ、早番の日は俺の朝飯なんかいいから」

「別に蒼士のためにしてるわけじゃないし」

本音半分、照れ隠し半分で返す。

明日真にとって、料理は「家事」という感覚ではない。

朝食の支度は、自分だけの小さな店を営んでいるような楽しさがある。

表面はパリッと、中はふんわりと焼きあがったホットサンドを半分にカットして、半熟の目玉焼きと、トマトとグレープフルーツを添えてワンプレートに。

たっぷりのコーヒーと一緒にテーブルに並べる。

「うまそうだな」

自分の楽しみのためにしていることなのに、喜んで一緒に食べてくれる相手がいるのは、なんて幸せなことだろう。しかもそれが、この世で一番好きな相手だなんて。

向かいに座った蒼士は、「いただきます」と両手を合わせ、大きな口でサンドイッチに嚙みついた。ひと口で半分ほどがぶりといっても少しも品が悪く見えないのは、坊ちゃん育ちゆえか。

蒼士の強面にふっと笑みが浮かぶ。

「うまい」

「よかった」

「自分で作るとこうはできないんだよな」

「アボカドの熟し具合って、見ただけじゃなかなかわからないよね」

「アボカドもだけど、このチーズのとろとろ加減、絶妙だな」

「それはいつも店で出してるやり方で、マヨネーズを絞るんだ」

「マヨネーズ？」

「チーズとマヨネーズが乳化してどうこうって店長が言ってたけど、とにかくトロってなるんだよ」

「へえ。すごいな。さすがプロ」

朝のニュースを眺めながら、そんなどうでもいい会話を交わすのは至福の時間だ。

明日真がグレープフルーツにかぶりついていると、蒼士がぼそっと言った。

「悪かったな」

「え？」

「それ」

蒼士の目線の先は明日真の首の下あたりに向けられている。視線を追ってうつむいた明日真は、さっき洗面所の鏡でも確認したキスマークを見て、顔が熱くなるのを感じた。

内心オタオタしている自分が恥ずかしくて、つっけんどんに返す。

「別に。俺がつけていいって言ったんだし」

自分の言葉で、昨夜のことを生々しく思い出す。昨夜というか、今朝未明というか。

大学とバイトに加えて、公認会計士試験のための予備校に通っている蒼士は、夜遅くまで勉強をしていて、寝るのはだいたい二時三時だ。

昨夜はその時間に、明日真のベッドに潜り込んできた。半分寝ぼけて蒼士のキスに応じているうちに、昂ってしまい、跡をつけてと明日真の方からせがんだのだ。うなじや首ではなくて、ユニフォームに隠れる場所につけてくれた蒼士の理性に、むしろ感謝しなくてはいけない。

思い出すといろいろと恥ずかしくなって、明日真は話を逸らしにかかる。

「顔に寝痕がついちゃったんだけど、寝癖直しみたいな感じで一瞬で消える裏技ってないのかな」

「どこ？」

蒼士が身を乗り出してくる。

「こっちのほっぺたのとこ」

よく見せようと明日真も身を乗り出すと、あろうことか蒼士に唇を奪われる。

「……っ、バカ、なにしてんだよっ」

「いいだろ、別に」

頬がかっかと火照ってきて、明日真は手の甲で唇を拭う。

「今、そういう場面じゃなかっただろ。俺は寝痕の話をしてんの！」

「そんなの、明日真のかわいさを微塵も損なってないから大丈夫だ」

大真面目に言われて、頭のてっぺんから湯気が出そうになる。

「よくそんなことを真顔で言えるな。頭おかしいんじゃない？」

「恋人をかわいいと言って何が悪い」

しれっと言って、蒼士はコーヒーをひと口飲む。

「明日真が淹れたコーヒーは今日も世界一うまいな」

両思いになって一か月。蒼士は毎日こんな調子だ。無骨な雰囲気とぶっきらぼうな口調は変わらないのに、明日真に対する愛情表現は引くほどストレートだ。

人生の半分近くを親友として過ごしてきた男との新しいスタンスに、明日真はなかなか慣れることができない。

とはいえ、その戸惑いは決して不快なものではなく、それどころか明日真をこの上もなく幸せな気持ちにした。

ずっと片想いだと思い込んでいた相手から、蜜で搦めとるように溺愛されるのは、幸福の極みだった。

「今日、帰り遅い？」

それでも気恥ずかしさをごまかすために、つい次々と話題転換を図ってしまう。

「予備校終わるのが九時半だから、十時頃かな」

「夕飯のリクエストある？」

「明日真も疲れてるだろ。コンビニで弁当でも買ってこようか？」

「早番で余裕あるし。特にリクエストないなら、前から作ってみたかったやつあるから、試してみる」

「最近、料理関係ますますマメだな」

「趣味と実益を兼ねてるしね」

「おまえの作るものは、なんでもうまい」

蒼士がまた強面とのギャップが激しい歯が浮く台詞を言い出しそうな気配がしたので、

「あ、時間ヤバい！」

明日真はバタバタと身支度をして、部屋を出た。


『ライラック・コーヒー』の午前のピークが一段落したあと、店長の指示で明日真は早めの昼休憩に入った。

私生活の充実とともに、最近仕事がとても楽しい。

そもそもは、別に飲食業に興味があって働き始めたわけではない。学歴不問で、通勤が便利だからという程度の理由だった。

蒼士との同居は学生時代限定なのだろうと漠然と思っていたから、その限られた時間を楽しく過ごせれば、あとはもう野垂れ死にしても構わないくらいな、享楽的かつ投げやりな気持ちでいた。

でも、蒼士と両思いになって、これから先もずっと一緒に生きていくのだと思ったとき、仕事は今までとは少し別の意味を持ってきていた。

その日その日をただやり過ごせばいいというものではない。

蒼士は、在学中に資格試験にパスして、監査法人に就職することを目標にしている。会計士補として二年の実務経験を積むと、三次試験の受験資格が得られて、そこで合格すると晴れて公認会計士の資格が得られるらしい。

明日真にはちんぷんかんぷんの難解そうな世界だが、大企業の御曹司でありながらその跡継ぎの座を蹴って人生を切り開こうとしている蒼士の姿は、とてもかっこよく見えた。

明日真も、パートナーとして恥ずかしくない人間でありたい。

自分のやりたいこと、好きなことは何かと考えたときに、頭に浮かんだのは、意外にもなりゆきで始めた今の仕事だった。

それしかできない、とも言える。しかし、そんなうしろ向きな消去法ではなくて、意識して考えたことはなかったけれど、自分はこの仕事が好きだとあらためて自覚した。

フロアの仕事も好きだし、唯一の取り柄の見た目もそれなりに武器にもなる。

最近は接客だけではなく、キッチンの仕事もこれまで以上にやらせてもらえるように頼み込んでいる。

アイスコーヒーとキッシュで手早く腹を満たした明日真は、昼のピークに向けて十分だけ仮眠を取ろうと、ネクタイを緩めて長いすに横になった。昨夜の戯れのせいで、少しばかり寝不足だった。

一瞬うつらうつらしたとき、ドアが開く音がした。顔をあげると堀井がタブレットを手に覗き込んでいた。

「いいわよ、休んだままで」

起き上がろうとする明日真に、堀井がさらっと言う。

「こう暑いと、寝不足になりがちよね」

恋人の夜襲を受けて、睡眠時間を削ってイチャイチャしていたなどと言えるはずもなく「ですね」と返して、明日真はひょいと起き上がった。

「あ、蚊に刺された？　あの羽音も睡眠妨害よね」

堀井の視線が、ボタンを緩めたシャツの襟もとに注がれているのを感じて、明日真は内心の動揺を押し隠して「ですね」と同じ台詞を繰り返し、さりげなくネクタイを締め直した。

「来月のシフトの確認なんだけど、美波ちゃんが実家の新盆で帰省したいらしいから、吉沢くんの夏休み、一週先にずらしてもらうことってできる？」

「ぜんぜん平気ですよ」

七月から九月の間に、日曜日とくっつけて三連休の夏休みが取れることになっている。

「なんなら、別に休みなしでも大丈夫です」

「いやいや、そこは一応決まりだから」

堀井はタブレットにシフトを打ち込んで、母親のような視線を明日真に向けてきた。

「でも、そんなにやる気を出してくれて嬉しいわ。吉沢くん目当てのお客さんも多いしね」

そう言ってから、ふと眉根を寄せる。

「そういえば、結局引っ越しはやめになって、ルームシェア続けてるんでしょう？　まさか田辺くんに搾取されまくって、休みなしで働かされてるわけじゃないわよね？」

「いくら蒼士が悪人面でも、それはないから大丈夫です」

明日真は笑って返した。

「一人暮らしもいいなって思ったけど、やっぱり蒼士の部屋は広くて住み心地いいし、通勤にも便利なので」

堀井なら、実はルームシェアではなく同棲なのだと打ち明けても理解してくれそうだと思いながら、蒼士の許可もとっていないし、気恥ずかしいのでとりあえず黙っておく。

「でも家賃十万は搾取でしょ」

「あれは家賃じゃなくて、開業資金だって蒼士が言ってました」

「開業？　何の？」

「いつか俺が店を開くときのためとかって」

堀井は目を丸くした。

「吉沢くん、独立開業の心づもりなの？」

「いやぁ……」

なんとなくきまり悪くなって言葉を濁した。

この店で働き始めて約二年半。堀井の目から見たら、バイトに毛が生えた程度の、先のことなど何も考えていない軽薄な若者に見えていたに違いない。実際、ついこの間までその通りだったのだ。

「具体的にどうこうって考えてるわけじゃないです。でも、この仕事が好きだなって、最近すごく思うようになって」

「あ、それ、感じてたわ。最近吉沢くん意欲的だなって。元々この業界向いてると思うし、そういう気持ちがあるなら、今からコツコツ資格を取ったりするのもいいんじゃない？　もう調べたりしてる？」

「いえ、具体的なことはまだ全然。開業となると、いろいろ資格も必要なんですよね。調理師免許とか？」

「飲食店経営っていうと、みんな調理師免許って思うみたいだけど、それは必要ないの。カフェの開業なら、まずは食品衛生責任者の資格ね。あとは店の規模によって防火管理者の資格が必要になるし、パンやお菓子をテイクアウトで提供する場合は、菓子製造業許可申請がいる場合もあるわ」

「店長は全部持ってるんですか？」

「一応ね。どれも講習を受ければ取得できる簡単な資格だから、取っておくといいわよ。あとはまあ、バリスタとかカフェコーディネーターの専門学校の社会人向けコースとかもあるわね。開業に必要なわけじゃないけど、知識や腕を磨く意味で通ってみるのもいいかも。そういえば、専門学校のパンフレット、この辺に何部か入ってたはず」

棚の中から、堀井は数種類のパンフレットを取り出して、明日真に手渡しながら、「でも」といたずらっぽく言った。

「まだしばらくはうちのアイドルでいて欲しいわ。手放すには惜しい人材だもの」

「ありがとうございます。そう言ってもらえるうちが華ですね」

明日真はパンフレットの礼を言い、制服の皺を整えて、気合を入れて立ち上がった。

必要だと言ってもらえるのはありがたい。子供時代、明日真は母親に必要とされている実感がまったくなかった。でも、今は自分が必要としている人たちから、必要だと言ってもらえている。

堀井に言われるまでもなく、まだ何年かはこの店で勉強させてもらいたいと思っている。仕事を続けながら、堀井が教えてくれた資格の取得や、専門学校に通ってみようと思う。忙しくなるだろうが、今まで刹那的に生きてきた明日真にとって、将来を考えて行動をするのは、ひどくわくわくすることだった。

真夏の早番の日は、帰りの道がまだ明るい。スーパーで食材を買って、明日真は鼻歌交じりに帰宅した。今夜はカレーにするつもりだった。

玉ねぎを低温でじっくり炒める間に、洗濯物を取り込んだり、風呂の掃除をしたりする。ルーを使わずに、香辛料を各種炒め合わせて、具材を入れて煮込んでいると、インターホンが鳴った。

蒼士なら自分で鍵を開けて入ってくるし、そもそも蒼士の帰宅時間にはまだ少し早い。モニターを覗きに行くと、カズマの姿があった。

蒼士が鍵を開けると、カズマは缶ビールの入ったコンビニのレジ袋を片手に立っていた。

「すごいいいい匂いする。夕飯カレー？」

「そう」

「ラッキー」

当然自分も食べる気満々という様子だ。

一連のドタバタのあと、カズマはよく遊びに来るようになった。やたらと明日真を構いつけるせいで、蒼士に怒られたりしているが、明日真はこの男が嫌いではなかった。蒼士の義兄だからということもあるし、なにより人なつっこい性格が憎めない。

「手伝うよ。なにする？」

「じゃあ、コールスロー用のキャベツを刻んでもらおうかな。カズマさん、包丁使えます？」

「めっちゃ得意だよ」

カズマは缶ビールを明日真にすすめ、自分も早速プルタブを起こして、飲みながらキャベツに包丁をあてる。

「あ、ホントにうまい」

「なんだよ、疑ってたわけ？」

明日真がカレーを仕上げる傍(かたわ)らで、カズマはリズミカルにキャベツを刻んでいく。

「最近、蒼士とはケンカしてない？」

「してないです」

「ふーん。仲良しこよしか。蒼士みたいなむっつりタイプってさ」

カズマはからかうような笑みを向けてくる。

「すげえエッチがねちっこそう」

下世話なツッコミに、顔が熱くなる。

「変なこと言うの、やめてください」

「いいじゃん、照れなくても。顔に書いてあるし。顔っていうか胸元に」

「……………！」

暑いのでタンクトップ一枚になっていた明日真は、カズマの指摘で今日何度目か知れずキスマークへの指摘を受け、リビングのソファに放ってあったシャツを取りに行った。

明日真の狼狽ぶりに、カズマは笑い転げている。

「かわいいなぁ、明日真くん。蒼士がデレデレなの、よくわか……イテッ！」

カズマが包丁をまな板の上に投げ出す。

「大丈夫ですか？」

慌てて駆けつけると、左手の人差し指の第一関節のあたりに、うっすらと血が滲んでいた。

「やべっ、死ぬ！　救急車呼んで！」

「かすり傷ですよ」

「無理無理無理ィ！　俺、血とか超苦手なんだよ」

「じゃあ、とりあえず絆創膏で傷口を隠しましょう」

明日真は引き出しから絆創膏を取り出して、カズマの指に巻き付けた。

「ほら、もう大丈夫です」

「サンキュ……うわ、血ぃ滲んでるし！」

「ほんの一滴でしょ。すぐ止まりますって」

「無理無理無理無理」

子供のように抱き付いてきたカズマの背中をポンポンしていると、

「おい、なにしてる」

背後からどすのきいた声が飛んできた。

カズマを抱き留めたまま振り返ると、いつの間に帰ってきたのか、背後で蒼士が仁王立ちしている。カズマの大騒ぎのせいで、玄関が開く音に気付かなかったようだ。

「おかえり」

「ただいま。……なにしてる」

蒼士に凄まれ、カズマは明日真に抱き付いたまま顔だけあげる。

「見ての通りだけど？」

「叩き出されたいのか」

本気で不機嫌そうな蒼士の声に、明日真は苦笑いでカズマの背中をさすり、そっと身体を離した。

「カズマさんは冗談言ってるだけだよ。今、包丁で指を切っちゃって、手当てしてたところ」

蒼士は眉間にくっきりと縦皺を寄せる。

「指を切って、なんで抱き付くんだよ」

「血が苦手なんだって」

「そんな作り話に、簡単に騙されるなよ」

「なんでそんなにキレてるんだよ。兄弟喧嘩良くないよ」

「留守中に、俺のものに抱き付くとか、ありえないだろ」

明日真は思わず笑ってしまう。

「なに言ってるんだよ。だからカズマさんは血が怖くってパニクってただけで……」

傍らでカズマが噴き出した。

「蒼士の独占欲も、明日真くんの天然っぷりも、めっちゃウケる」

「天然ってなんですか」

「血が怖いなんて嘘に決まってるだろ。本当にそうなら処女抱けないし、出張ホストの威信に関わる」

「おい」

また凄む蒼士に、カズマはのけぞって爆笑している。

「玄関が開く音がしたからさ、からかってやろうと思っただけ。想像以上の反応するから、もうおっかしくって」

どうやらカズマは、蒼士の帰宅に気付いていたようだ。

いいようにいじられて、明日真も腹を立てていい場面だが、怒るどころかついつられて笑ってしまう。

兄の前でも独占欲をむき出しにする蒼士が、気恥ずかしくてちょっと嬉しい。

「かきまわしにきただけなら、もう帰れ」

「えー、手伝ったんだから夕飯食わせろよ。こっちはこれから辛く長いお仕事に赴くんだし」

「好きでやってる仕事だろ」

「あ、バレてた？」

軽口を叩きながら、カズマはちゃっかりテーブルについている。

カレーと、即席のコールスローサラダと、缶ビールの夕食を、三人で囲む。

「あ、カレーうまっ！　鶏肉超やわらかいな。明日真くん天才！　嫁に欲しいわ」

ふざけ半分の賞賛を口にしながら、おいしそうにカレーを食べるカズマを横目に睨み付けて、蒼士はコールスローをフォークで口に運び、カズマに対抗するように感想を呟く。

「さっぱりしててうまいな。いくらでも野菜が食べられる」

「それ、俺が切ったキャベツ」

どや顔でカズマが言うと、蒼士は咀嚼をやめて固まった。

そんな様子がまた楽しくて、明日真はさらに笑ってしまう。

「明日真くん、笑顔もかわいいな。前にも言ったけどさ、こっちの業界、明日真くんだったらあっという間に億万長者だよ。転職、考えてみない？」

「みねえよ」

明日真が反応するより早く、蒼士がぴしゃっと言い放つ。

「なんでおまえが答えるんだよ。俺は明日真くんに言ってるの」

「明日真が答える必要はない。俺がダメって言ったらダメだ」

「おまえ何時代の人間だよ。亭主関白かよ。そのうち明日真くんに愛想つかされるぞ。なあ？」

最後のひとことは、明日真の目を見て同意を求めてくる。

明日真はただただ笑い転げてみせたが、蒼士の独占欲は、明日真の心を無上の幸せで満たす。日常の蒼士には微塵も横暴なところなどない。でも、こんなときには、たとえ相手が冗談だろうとも不機嫌を隠そうともしない。

愛されていることを実感して、幸せでとろけそうだった。

カレーを二杯おかわりして、缶ビールを飲み干すと、カズマは「さて」と席を立った。

「それじゃ、お勤め行ってきます」

その背中に、蒼士が「兄貴」と呼びかける。

「ん？」

「本当にその仕事、好きでやってるんだよな？　無理してるなら辞めろよ。そう遠くない将来、親父の遺産はあんたのものになるんだから、嫌な仕事を無理してする必要はない」

「だから俺は親父とはもう関わらないって言ってるだろ」

「関わる必要はない。法的権利を享受するだけだ」

二人の会話を聞くともなしに聞いていると、明日真の視線に気付いてカズマが微笑(ほほえ)んだ。

「ほら、うちの父親、癌で手術したじゃん？　一時期危なかったからさ」

蒼士は実家のことは何も言わないので、明日真には初耳だった。

「それで、蒼士が、親父になにかあったら自分は相続放棄するから、全部俺に受け取れって連絡してきて、こそこそやりとりしてたところを明日真くんに目撃されて、なにか誤解が生じたってわけだよ」

そういえば、そんなことがあったなと、自分の取り乱しぶりを思い出して赤面していると、カズマはさらにからかう口調になる。

「今日は蒼士が嫉妬に狂うターンだったな」

「うるさい。原因は常に兄貴だろうが」

「えー、俺って罪作りな男」

ふざけてセクシーなポーズを作ってみる。

「まあ、親父の体調もだいぶ戻ったようだし、そもそもおまえのお母さんは、会社自体をおまえに継がせたくて躍起になってるんだし、俺は関わりたくないな」

「俺だって関わるつもりはない」

断言する蒼士に肩を竦めてみせて、カズマはさっさと帰って行った。

食器を片付けながら「悪かったな」と蒼士がぼそぼそ謝る。

「俺の留守に兄貴が来ても、いちいち相手しなくていいから」

「俺、カズマさんのこと好きだよ。あ、変な意味じゃなくてね？　面白くていい人じゃん」

「まあ悪いやつではない。やや悪ふざけが過ぎるけど」

「俺は蒼士の家のことは全然わかんないけど、蒼士も、カズマさんも、それぞれ色んな苦労をしたんだろうなと思う。でも、二人とも自分らしく生きてて、かっこいいなって思うよ」

　蒼士は真顔で一瞬固まり「別にかっこよくねえよ」とぼそぼそ言う。照れているらしいのが伝わってきて、微笑ましくなる。

　テーブルを拭きながらふと、ソファの上に職場から持ち帰った書類が置きっぱなしになっているのが目に入った。

　いつか具体的に考える時期が来たら蒼士にきちんと相談するつもりでいる。蒼士も、明日真が家賃として渡してきた金を開業資金として貯めているなどと、冗談か本気かわからないが言っていたことだし。

　でも、これまで何も考えないで生きているていを装っていた明日真は、急に張り切っていると思われるのが若さゆえか気恥ずかしくて、パンフレットを回収して、自分の部屋に片付けようとした。

「明日真、何を隠した？」

　さりげなく動いたつもりだったが、挙動不審が滲み出ていたらしく、蒼士に呼び止められた。

「え、別に隠してない。こんなところにチラシとかあると邪魔だから、片付けようかなって思っただけ」

「なんのチラシ？」

「なんでもないよ」

「まさかまた部屋探しとかしてないよな？」

疑り深げに言われて、蒼士がしつこく食い下がってきた理由を理解する。以前の引っ越し騒動がまだ尾を引いているようだ。

「違うよ」

そんな誤解をうけるくらいならと、明日真はソファにどかっと座って、パンフレットを差し出した。

「……バリスタ講座？　通うのか？」

「まあ、時間が合えば行ってみるのもいいかなって」

「珍しいな、明日真がそんなことを考えるなんて」

ほら、やっぱり不思議がられてるし、なんだかいたたまれない。

居心地が悪くて、明日真はむすっと開き直る。

「蒼士だって、大学とバイトで忙しいのに、さらに資格の学校とか通ってるじゃん。俺も少しはなにか身につけたいなって思ったんだよ。いずれ開業とかするとき、役に立つかもしれないじゃん」

　蒼士が軽く目を見開く。

「開業、考えてるのか」

「だって今の仕事好きだし。別にずっと今の店で働くのもアリだけど、自分の好きなようにやってみたいっていうのもあるし、いつまでも蒼士に支えてもらうんじゃなくて、俺もちゃんと支えられるようになりたいし……」

　言えば言うほど照れくさくなって、最後の方はぼそぼそと声が小さくなる。

　蒼士は明日真の隣に座って、やわらかい表情で明日真を見つめてきた。

「すげえ嬉しい。明日真がそんなこと考えてくれてたなんて」

　愛おしむような目でそんなふうに言われると、変な汗が出てくる。

「べ、別に。蒼士が挑んでるような立派な国家資格とかに比べたら、しょうもない話だけどさ」

　照れ隠しで拗ねたような声が出てしまう。

「立派でもなんでもない。俺はこの通り愛想もないし、秀でたところもないから、自分にできそうなことをしてるだけだ」

「それ、場合によったら嫌味に聞こえるぞ。公認会計士って弁護士の次に難しい資格なんだろ？」

「嫌味も何も、まだ受かってもいない」

「蒼士なら絶対受かるよ」

疑いもなく断言すると、蒼士はふっと笑って、明日真の肩を抱き寄せてきた。

「もしも資格が取れて、実務経験を積んだら、いつか個人事務所を開くつもりだ」

「マジ？　かっこいいね」

「一階は明日真のカフェで、二階が俺の事務所で、三階が二人の愛の巣だ」

きっぱり言われて、妙に恥ずかしくなって茶化す。

「愛の巣って、響きが昭和」

「ずっとそんな構想を抱いていたけど、おまえが自分の店とか興味なかったら、強要はできないなって思ってた。嬉しいよ、俺との人生を前向きに考えてくれてて」

「べ、別におまえとの人生を考えてとかじゃ……」

「そうなのか？　俺はずっと考えてる。職場が一緒なら、ずっとおまえのそばにいられる。俺のオフィスにコーヒーを配達してもらうついでに、こんなこともできるかもしれない」

そう言って、蒼士はあたりまえの顔でキスしてくる。

「公私混同マズいだろ」

「俺とおまえの城なんだから、公私を決めるのも俺たちだろ？」

そのままなし崩しにソファに押し倒され、深く唇を奪われると、幸福感で身体が痺れた。

「……ん……っ」

噛みつくようなキスとともに身体をさぐられ、全身が興奮に粟立っていく。

はだけたシャツの下のタンクトップの中に手を差し入れられて、明日真は狭いソファの上でジタバタと身をよじった。

「……っ、狭いしっ、ここ！」

蒼士は未練げに再度明日真の唇を奪うと、身を起こして、ひょいと明日真を抱き上げた。

「じゃあ、続きは俺の部屋でしよう」

返事をするのが恥ずかしくて、

「相変わらずのゴリラ力」

減らず口とともに、蒼士の首に腕を回してぎゅっと抱き付いた。かすかな汗の匂いと、密着した身体の感覚が、欲情に火をつけて、言うつもりもなかったことを口走ってしまう。

「……俺がうたたねしたふりしてたら、よくこうやってベッドに運んでくれたよね」

「ふりだったのか？」

問われて、明日真は小さな声で、蒼士の耳元に囁いた。

「……うん。そうして欲しくて、寝たふりをしてた」

それが何かのスイッチを押したようで、蒼士は明日真を自分のベッドにおろすと、荒々しく覆いかぶさってきた。

唇を奪い、口内の感じやすい粘膜を蹂躙しながら、明日真の服を剝ぎ取っていく。

両想いになってまだひと月。お互いにどんな些細(ささい)な刺激にも興奮し、どれだけでも昂ること
ができる。
「ん……ぁ……や……」
唇に、首筋に、鎖骨に、胸に。あらゆるところを食べつくすように這いまわる蒼士の唇に、
明日真は身を震わせ、甘い喘(あえ)ぎ声をこぼす。
「おまえをベッドに運ぶとき、いつもこうしてめちゃくちゃにしたい葛藤(かっとう)と闘ってた」
明日真の告白に呼応するように、蒼士が打ち明けてくる。
あのときも、あのときも、蒼士はそんなふうに思ってくれていたのだと思ったら、身も心も
さらに昂ってくる。
「……俺も、めちゃくちゃにしてくれたらいいのにって、いつも思ってた」
「じゃあ、今までの分、全部まとめてめちゃくちゃにする」
「あ、あっ……や……っ」
宣言通りめちゃめちゃにされて、明日真は深いエクスタシーの中で幸せに満たされながら意
識を手放した。

2

明日真（あすま）の三連休初日は、ベッドの中で暮れようとしていた。

大学も予備校も夏休み中の蒼士（そうし）は、バイトのシフトを明日真の休みに合わせてくれていた。

朝食を食べたあと、出かける先をスマホで検索しながらじゃれ合っているうちに、いい雰囲気になり、そのまま蒼士のベッドにもつれ込んで、時間を忘れて愛し合った。恋人関係になったばかりの二人にとって一番楽しいのは、お互いの体温を感じながら睦（むつ）み合うことだった。

幸福感と快楽が、時間の感覚を奪っていく。

体液が干からびるほど愛されて、幸せな疲労感の中、蒼士の腕の中でうつらうつらしていたら、瞼ごしにかすかな光を感じた。

枕の脇に置いてある蒼士のスマホが、光っている。

ことの最中に、諸々の通知音をうるさがって消音モードにしていたから、無音のまま着信表示がまたたいている。

画面の表示を見て、明日真はスマホを拾いあげた。

「電話。お母さんからだよ」

「放っておけ」

蒼士はスマホを遠ざけて、明日真を抱き寄せてくる。

親と距離を取っている蒼士が、実家からの連絡をスルーするのはいつものこと。

しかし、スマホがいつまでも着信を表示し続けているので、明日真の方が気になってしまう。

「こんなに延々呼び出し続けるって、何かあったんじゃない？　出た方がいいよ」

スマホを押し付けると、蒼士は渋々といった表情で受け取り、ベッドから身を起こして通話に応じた。

不機嫌そうな声で話しながら立ち上がり、部屋を出て行く。

明日真ものろのろとベッドから這い出した。

散々喘がされたせいで、喉（のど）がからからだった。

通話が終わった頃合いを見計らって、冷蔵庫に水を取りに行く。喉をうるおしながらリビングを覗くと、蒼士がいつにも増した仏頂面でスマホを見つめていた。

「なにかあった？」

ミネラルウォーターのペットボトルを渡しながら、そっと訊（たず）ねる。

蒼士はひと口水を飲んで、ぼそっと言った。

「親父が入院したって」

「え？　容体は？」

「さあ。とにかく帰ってこいの一点張り」

「それ、一大事じゃん！　早く支度しなきゃ」

「今から行ったって、面会時間過ぎてるだろ。明日にする」

「そんな悠長なこと言ってて、大丈夫なのか？」

　蒼士はペットボトルを明日真に返して、ソファに腰をおろした。上目遣いに明日真を見あげ、低い声で呟く。

「親を亡くしてるおまえから見たら、傲慢で冷たいやつだって思うかもしれないけど、俺はどうしても自分の親が好きになれない。法律すれすれのところで金儲けに精を出す親父も、人の幸せを踏みにじってでものしあがろうとする母親も」

　明日真は蒼士の隣に座って、小さく頷いた。

　蒼士の両親に直接会ったことはないけれど、蒼士がたまに洩らす言葉や、周囲から聞き知った情報からして、蒼士がそう思うのも無理はないと思う。

　だから蒼士は、高校を卒業して東京に出てきてから、実家からの金銭的援助を一切受けていない。

　両親、特に母親は、蒼士を田辺興業の跡取りにと強く望んでいるようだが、蒼士はそれを拒み続けている。

「でも、生死が関わることなら、顔くらい出すべきなんだろうな」

そう呟く葛藤はなんとなく想像できた。

明日真も、親には複雑な思いを抱いていた。常に自分のことしか考えていなかった母親の、病的な言動に振り回される日々はしんどかった。もっと普通の家庭に生まれて、普通の両親に愛されて育ちたいと思った。

人として見たら、正直、マイナスな部分ばかりの母親だった。

それでも、肉親としての情は強くあったし、亡くなったときのショックは計り知れなかった。

明日真は、蒼士の膝に手を置いて、やさしくそっとさすった。

「帰った方がいいよ。俺も一緒に行くから」

こちらを見た蒼士に、慌てて付け加える。

「病院までくっついて行ったりはしないよ。ほら、俺もこっちに来てから一度も帰ってないしさ。まあ帰る場所もないわけだけど。でも、樹木葬にした霊園に一回くらいお参りに行っておいたりもしたいし」

親戚もおらず、母親が身内の法事をとりおこなったり参列したりするのを見たこともなかったから、明日真もそういうことは一切せず、命日には毎年心の中で手を合わせるのみだった。

蒼士はいかつい表情を緩めて、膝の上の明日真の手に大きな手のひらを重ねてきた。

「貴重な三連休、ずっと明日真を抱いて過ごしたかったんだけど」

た。

「俺を殺す気？」

明日真が引いた顔をしてみせると、蒼士は笑いながら明日真の頬にやさしいキスを落とした。

昼下がりに降り立った故郷の駅前は、二年半前と何も変わっていなかった。

お盆明けで、部活か課外授業でもあったのか、母校の制服姿の学生が笑いながら改札を抜けていく。

蒼士と二人であの制服を着ていたのが、ついこの間のような、遠い昔のような、不思議な感覚に陥る。

「制服、今でも普通に似合いそうだな、明日真」

高校生の一群を眺める明日真の視線の先を追って、蒼士がからかってくる。

「蒼士はあの頃から似合ってなかったよ。おっさん面で」

明日真は軽口を返して、笑ってみせた。

「用事が済んだら、電話するから」

「了解」

タクシーで病院へと向かう蒼士を見送って、明日真はバスの時刻表を見に行く。

二年半ですっかり都会暮らしに順応してしまい、地元のバスの本数の少なさに驚く。それでも運よく十五分ほどの待ち時間で、霊園行きのバスに乗ることができた。

同じ乗り物なのに、地元のバスは地元の匂いがするのが不思議だった。

舗装の傷んだ通りを、バスはガタガタと車体を揺らしながら走っていく。その振動と見慣れた街並みの景色が、明日真をあっという間に昔の自分に引き戻す。

懐かしい、などという言葉を使うのもおこがましい。ほんの二年半前まで住んでいた街。

あのゲーセン、蒼士とよく入り浸ったな。

図書館の一番奥のトイレの落書きはまだ残っているのだろうか。

角のパン屋のカレーパンは絶品だったな。

車窓から眺める通りのあちこちに、蒼士との思い出が刻まれている。

片想いの切なさを隠して、親友として無邪気なふりを装っていた自分を思い出すと、恥ずかしくて頭を抱えたくなる。

多分、自分一人だったら、二度と戻ってくることもなかっただろう。

母とのあまり幸せではない思い出と、片想いの切ない記憶だけで構築された地元の街。

でも、蒼士と恋人同士になって戻ってきてみると、同じ景色も微妙に違って見えた。

同じ場所、同じ出来事なのに、切なさは甘い恋の記憶の一部として、明日真の胸をきゅんとさせた。

霊園で母に手を合わせているときにも、同様の気持ちを抱いた。

ネグレクトとまではいかないけれど、子供のことにさほどの関心を抱かなかった母。愛情を注いでもらえないことを、淋しく感じてもいた。

でも、そんな気持ちも今は薄らいでいた。

生んで育ててくれたから、蒼士に巡り合えて、今こうして幸せを感じることができるのだ。

今にして思えば、母が母自身のことにばかりかまけていたのと同じように、幼い明日真も自分の淋しさでいっぱいだった。

母を亡くしたときには、悲しみと喪失感が強かったが、今は悔しさを覚えた。

もし母が今も生きていてくれたら、母自身の気持ちはどうあれ、明日真は母のためにもう少しなにかできたような気がする。

それもこれも、蒼士のおかげだ。蒼士の愛情が明日真の心を潤わせてくれるから、そんなふうに思う気持ちの余裕ができたのだろう。

ポケットからスマホを取り出し、まだ蒼士から連絡がないことを確認する。

帰りは下り坂なので、バスを待たずに歩いて病院に向かうことにした。

蒼士の父親の容体はどうなのだろう。話はできる状態なのだろうか。

明日真は蒼士の両親に会ったことはないが、地元では良くも悪くも有名な家柄なのでいろいろ噂(うさわ)は耳にしたし、蒼士の口からも話には聞いていた。蒼士が両親と相容れないのも、無理のないことだと思う。

それでも、すでに親が他界している身としては、蒼士がきちんと親と話ができていたらいいなと願わずにはいられなかった。蒼士自身のために、後悔しないようにしてほしかった。もしもそれが叶わないような容体だったとしたら、少しでも蒼士を力づけたかった。

蒼士の父親が入院している病院は、新しく開発が進んだ地域にある。

十数年前に天然温泉が掘削され、スポーツレジャーを楽しめる温泉付きの宿泊施設と病院が併設された。

病院のすぐ脇に新しいカフェができていた。仕事からの興味もあり、また真夏の日差しの下を小一時間歩いて喉が渇いていたので、冷たいものでも飲みながら蒼士を待とうと入口に近づいたとき、中からドアが開いて、賑やかな一群が出てきた。

テニスのラケットケースを持った男女のグループは、おそらく大学生だろう。

脇によけてやり過ごしていると、中の一人と目が合った。どこかで会ったことがあるような気がするなと記憶を辿っていると、相手の方から声をかけられた。

「吉沢さん？」

少し甘えたようなかわいらしい声に、記憶がよみがえる。前に蒼士がカレー屋に連れてきた女の子だ。

「こんなところで会うなんてびっくりです」

「地元なんだ。ええと……久我(くが)さんは？」

記憶の奥から名前を思い出して、問い返す。

「テニスサークルの合宿なんです」

一緒にいた女子学生たちが「ユリちゃんのカレシ？」「イケメンすぎて目がつぶれそうなんだけど」などとからかってきて、否定する久我に「ごゆっくり～」と言い置いて、先にスポーツ施設の方へと向かっていく。

二人きりになると、ふっと気まずい沈黙が流れた。気まずいと感じたのは、明日真のうしろめたさゆえかもしれない。

カレー屋で同席したとき、体調が悪かったのと的外れな嫉妬心から、久我に感じの悪い態度を取ってしまった。

こうして偶然会ったのもなにかの縁。神様が謝る機会をセッティングしてくれたのかもしれない。

「あの……」

明日真が口を開きかけたとき、病院の門の方から大きな声が聞こえてきた。

「だからあとを継ぐつもりなんかないって何度も言ってるだろう！」

声を荒らげているのは、蒼士だった。そのあとを、化粧の濃い派手な顔立ちの女性が追ってきて、負けじと怒鳴り返している。

「勝手なことばっかり言わないで！　将来の役に立つから、東京の大学への進学だって許したんじゃないの」

「金銭的な負担は一切かけてないんだから、許すも許さないもないだろ。あんたがそうしたように、俺も自分の生きたいように生きるだけだ」

「いずれあの会社が全部自分のものになるのに、なにが不満なの？」

「なにもかもだ」

「もしかして、取引先のお嬢さんとの婚約話を持ち出したのがいけなかったのかしら？　まだ当分先のことだし、別に無理強いするつもりはないのよ」

「あたりまえだ。俺には一生を共にしたい相手がいる」

「だったらその子を……」

「連れてくるつもりはないし、孫が生まれる可能性も百パーセントないから、もう一切の干渉も期待もやめてくれ」

蒼士の剣幕にハラハラしつつ、それってつまり俺のことだよな？　と、明日真は密かに赤面しそうになる。

言い争っていた二人は、ここにきてようやく明日真たちの存在に気付いた。

さらになにか言い募ろうとしていた蒼士は、明日真と目が合うと気まずげに口を閉ざした。

「田辺くん？」

久我が目を丸くして声をかける。

「あら、お友達?」

さっきまでまなじりをつり上げていた母親が、愛想笑いを浮かべ、値踏みするように明日真と久我を見比べる。

自分の立場をどう説明するべきか一瞬戸惑う明日真の横で、久我がかわいらしい笑顔を返した。

「大学の友人です。サークルの合宿で、たまたまこちらに来ていて」

「あらまあ。みっともない親子喧嘩を見せちゃってごめんなさいね。蒼士の母です。いつも蒼士がお世話になります」

「いえ、こちらこそ」

女同士、笑顔で挨拶を交わし合っているところに、空車のタクシーが通りかかった。

「合宿、楽しんで」

久我にひと声かけると、蒼士はタクシーを停め、明日真を押し込むようにして自分も隣に乗り込んだ。

「ちょっと、蒼士!」

呼び止める母の声を無視して、運転手に「駅までお願いします」と告げる。

走り出したタクシーの中で、明日真はあっけにとられて蒼士を見る。

「お父さんは話ができる状態だったの？」

「話もなにも……」

蒼士はいまいましげに吐き捨てた。

「人間ドック」

「え？」

「入院ってのは、一泊二日の単なる健康診断だ。元気すぎるほどピンピンしてやがった」

「マジで？」

蒼士は憤懣(ふんまん)やるかたないという様子だったが、明日真はほっとしていた。

どんな親であれ、元気にこしたことはない。

「お母さん、話の途中だったけど、いいの？」

「あんな話、聞くだけ時間の無駄だ」

確かに、聞いていた通りの強烈な母親だったなと思いながら、明日真は声をひそめた。

「なあ、一生を共にしたい相手って、もしかして俺？」

蒼士はじろりと一瞥(いちべつ)をよこす。

「ほかに誰がいるっていうんだよ」

両想いになってから、蒼士は一切ためらいがない。

嬉しいけれど、気恥ずかしくて素直な反応ができない明日真は、蒼士とは反対側の窓の方に視線を逸らして、シートの上の指先をそっと滑らせて、蒼士の手に触れる。

「……この街って、こんなに明るい雰囲気だったかな」

「どうした、急に」

「記憶の中ではさ、なんか亡くなった母親のイメージと重なって、湿気が多くてどんよりした空気感だった気がしてたけど、あらためて来てみたら、なんか結構、楽しい思い出ばっかで、いい街だな」

蒼士のごつごつした指先をぎゅっと握ると、蒼士は指を引き抜き、明日真の手に手をかぶせて握りしめてきた。

「ならよかった」

それもこれも、蒼士のおかげだという思いは、伝わっただろうか。

過去は変えようもないのに、今幸せだと、なぜか記憶まで色が違って見えるというこの不思議。

「蒼士のお母さん、美人だね」

「どこが？　とんだ鬼婆だろ」

「うーん、でもちょっと蒼士と似てる」

蒼士は眉間に皺を寄せた。

「あんな野心の塊と一緒にすんなよ」

「野心っていうかさ、一人息子への愛なんじゃない？」

「自分の野心を満たす道具として執着してるだけだ」

「道具か……」

正直なところ、明日真には愛情と執着の違いがよくわからない。

自分と母親のことを思い出してみると、とにかく母はいつもどこか上の空だった。嫌われてはいなかったと思う。最低限の面倒は見てくれた。でも、執着とは真逆の対応だったなと思う。

意思を無視してまとわりつかれるのは鬱陶しいことだろうが、少なくとも執着と愛情はまったく別物というわけではなく、関心のタイプが若干違うという程度のズレなのだと思う。

しかし、被害に遭っている本人には耐えがたいことに違いない。

親子関係って難しいなと思う。子は親を選べない。逆に言えば親も子を選べないから、蒼士の母親のように相容れない息子になんとかいうことをきかせようと躍起になったりする。

でも。

つないだ手から伝わってくる熱を感じながら、明日真は思う。

でも、伴侶は、自分の意思で選ぶことができるのだ。

それだってもちろん、簡単なことではない。好きになった相手が、必ず自分を好きになってくれるとは限らない。

自分は、ものすごく運が良かったのだとしみじみ思う。

「俺さ……」

脳内の声が、思わず駄々漏れかける。

「ん？」

蒼士に先を促すように見つめられて、我に返る。

「あ……いや、俺さ、暑い中、歩き回りすぎたせいか、眠くなってきた」

適当なことを口走って、大きなあくびをしてみせる。

「帰りの電車で寝ていけばいい」

「だな」

さらっと返して、一人こっそり気恥ずかしさを噛み殺す。

本当は、「蒼士とつきあえて世界一幸せ」と、思ったことをぽろっと言いそうになったのだ。

いや、別に言ってしまえばよかったのだろうけど……。

単なる親友を演じていたときには、明日真は饒舌で、際どいおふざけも平気で言えたのに、つきあい始めたら逆に口下手になった気がする。

一方、無骨で無口だった蒼士は、つきあい始めてから実にストレートに愛情を表現するようになった。

不思議な逆転現象。

それはそれで悪くない。蒼士に愛を囁かれるのは、照れくさいけどとても嬉しい。言葉だけでイってしまいそうなくらいクる。

でも、蒼士より絶対に自分の好きの方が大きい自信がある。我を忘れるセックスの最中はともかく、素面ではなかなか心情を言葉にできないけれど、好きとかそんなふわふわした言葉では表現できないくらい、明日真にとって蒼士は大事で、大好きな相手なのだ。

3

「吉沢くん久しぶりー」

『ライラック・コーヒー』のバックヤードで、出勤してきたばかりの遅番の美波が声をかけてくる。

「おはようございます。おやすみいただきました」

挨拶を返すと、美波は目を丸くして顔を寄せてきた。

「なんだかますます美しくなってるけど、休暇中にエステにでも行った？」

「行くわけないでしょう」

「だって、お肌つやっつやだよ？　何したの？」

「何もしてませんって。ほぼベッドでごろごろしてました」

三連休の中日は日帰りで帰省したものの、初日と最終日はずっと蒼士のベッドで過ごしていた。

「マジで？　やっぱ睡眠こそ最強の美容法なのかしら」

明日真は目を伏せて密かに苦笑いを浮かべる。ベッドで過ごしたのは事実だが、ほぼセックスに耽っていて、睡眠時間は普段より短いくらいだったなんて、言えるはずもない。

体力底なしの蒼士に愛されすぎて、正直出勤日よりもくたくたになったくらいだけれど、なにか見た目に変化が出るようないいホルモンが分泌されたのだろうか。

壁の鏡を覗き込んで、明日真は表情を引き締めた。爛れた連休の余韻など引きずっていてはいけない。

フロアにコーヒーを運んでいくと、ちょうど新しい客が入ってきた。

「いらっしゃいませ」

控えめな挨拶で客を迎え、席に案内しようとして、思わず立ち止まる。

ふわふわしたミルクティー色の髪に水色のワンピースがよく似合う女性客は、久我だった。

「またすごい偶然ですね」

驚いて声をかけると、久我は曖昧な笑みをよこした。

ランチタイムの波が捌けて、若干座席にゆとりがある時間だったので、窓際の隅のテーブル席に案内し、おひやとおしぼりを運んだ。

「合宿は終わったんですか?」

「ええ。昨夜帰ってきたところです」

「ご注文お決まりになりましたら、お呼びください」

会釈して席を離れようとすると、久我がぼそっと言った。

「今日は、偶然じゃありません」

「え？」

「吉沢さんがこのお店で働いてるって、前に田辺(たなべ)くんから聞いたことあったから」

じっと見つめられて言葉に詰まる明日真に、久我は小さな声で続けた。

「確かめたいことがあったんです」

「……確かめたいこと？」

「この前、田辺くんが言ってた『一生を共にしたい相手』って、もしかしたら吉沢さんのことですか？」

ストレートな質問に、明日真は一瞬ひるんで黙り込んだ。

久我は瞬きもせずに明日真を見つめてくる。

「田辺くんの表現からして、相手は同性なのかなって」

この間の母親との諍(いさか)いのことを言っているのだろう。確かに蒼士は、孫ができる可能性は百パーセントないとか言い切っていた。

どう応えるべきか戸惑う。明日真一人のことならば、迷わずに肯定できた。しかし蒼士の立場を考えると、本人の許可を取らずに大学の友人にカミングアウトしていいのか、一瞬ためらってしまう。

「ええと……」

あまりに突然のことでもあり、明日真が答えあぐねていると、久我は硬い声で言った。

「……私、田辺くんのことが好きなんです」

そうだろうなと思ってはいた。

「カレー屋さんで会った時、吉沢さんがあんまりきれいな人で、しかも一緒に住んでいるっていうから、もしかしてそういう関係なのかなっておそるおそる訊いたら、嫌悪感丸出しの顔で、私のこと『キモい』って言いましたよね」

確かに、そんな言い方をしてしまった。

「あれは……」

「田辺くんに彼女がいるのか探りを入れたときには、空とぼけた顔で『いないんじゃないかな?』って言いましたよね?」

嘘(うそ)ではなかった。その時点では明日真の片想いだと思っていたし、蒼士に交際相手がいなかったのも本当のことだ。

だが、事実を事実として告げるにしても、自分の言い方にひどく棘(とげ)があったのは確かだ。あのとき、蒼士が女の子を連れてきたことに動揺し、敵意のようなものを覚えた。体調の悪さもあいまって、ひどい態度をとってしまった。

「おととい、二人がもしかしてそういう関係なのかもって知ったとき、すごくショックでした。

失恋したこともだけど、それ以上に、あなたにバカにされたことが」

「そんなつもりは……」

「あんなふうに私を見下して、心の中で嘲っていた最低の男が、田辺くんとつきあってるなんて、本当にショックです」

このところの浮かれた気分に、冷水を浴びせかけられた気がした。

「あなたくらい完璧にきれいな人から見たら、私みたいにぱっとしない人間なんて、鼻で笑ってバカにして、適当にあしらっておけばいい存在なんでしょうね」

言うだけ言うと久我は席を立ち、そのまま店から出て行った。

明日真は呆然としてしまって、追いかけることも思いつかずにその場で固まっていた。

「吉沢くん？」

美波の怪訝そうな声で、ようやく我に返る。

「今のお客様、どうされたの？」

「あ……いや……」

美波がからかうように目を細める。

「女の子泣かせちゃダメだよ、モテ男くん」

モテるどころか、めちゃくちゃ嫌われてるんだけど。

明日真は右手でぎゅっと胸を押さえた。

ぎくしゃくしたほんの一時期を除けば、明日真と蒼士は相変わらず起きている時間の大半をリビングで一緒に過ごしている。

風呂上がりにソファに寝そべって、堀井に借りたカフェ専門店の雑誌をめくる明日真の傍らで、蒼士は勉強に勤しんでいた。

夏休み明けには大学の試験が控えているうえ、予備校の課題も結構多いらしい。

ぼんやり見つめていたら、蒼士がふと顔をあげた。

「なに？」

「いや、よく集中力続くなと思って。そんなわけわかんないテキスト、俺だったら五分で寝落ちる」

「俺は逆に、そういうのを見てると眠くなるから、熱心に読んでる明日真を尊敬するよ」

蒼士は明日真の手の中の雑誌を目顔で示す。

「えー、わくわくするじゃん。店の間取りとか、斬新なフードメニューとかさ」

「さすが未来の店長」

「茶化すなよ。蒼士は？　そういうの解いてるとき、楽しい？　わくわくする？」

「別に楽しくもないし、わくわくもしない。でも達成感はある」

「おまえ、昔から勉強得意だもんな」

こんなふうにとりとめのない会話をしながら過ごす時間を、しみじみ幸せだと思う。

でも、今日は胸に小さな棘が刺さっていて、時折チクリと痛みが走る。

再びテキストにうつむけた蒼士の横顔を盗み見ながら、今日店を訪れた久我のことを考える。

今日、こんなことがあったんだよ、と話してしまえば少し気が楽になるような気もする。久我だって、明日真が蒼士に告げ口することは想定済みだろう。

けれどなんとなく言い出せなかった。だって、誰もいい気分にはなれない。言った明日真も、聞かされた蒼士も、告げ口された久我も。

そもそもの原因は明日真にあるのだ。

自分という人間の未熟さを、しみじみ思う。

振り返ってみれば、多分、自分の性格のせいで誰かに不快な思いをさせたのは、今に始まったことではないだろう。

たとえばローティーンの頃。見た目のことで同級生のからかいの標的になったのだって、今にして思えば単純に顔立ちのせいだけではなかったと思う。醒めて投げやりな自分の言動が、彼らの地雷を踏んでいたのだろう。からかってきた同級生に対して、母親の容姿をディスるようなことを言って逆撫でしたりした自分は、相当性格が悪かった。

東京に出てきて、カフェで働くようになってからも、どうせ今だけの仕事だと、適当に流していた部分もあった。

だって仕方ないじゃん、と、無意識の部分で思っていた気がする。特殊な家庭環境で育って、見た目以外なんの取り柄もなくて、叶うあてのない片想いをしていて。そんな状況だから傍若無人なふるまいをしてしまうのはしょうがないことなんだと、無意識の部分で免罪符にしていた気もする。自分のことで目いっぱいで、誰かの心情を思いやるとか気遣うとか、そんな気持ちの余裕は微塵もなかった。

初対面の久我に抱いた感情を思い出すと、恥ずかしくて叫び出しそうになる。

そんなふうに意識していたわけではないが、今にして思えば、久我に対して、まるで無神経な当て馬キャラみたいな印象を抱いていた。

すごく幼稚で、自分こそが無神経だと思う。

頭の中で、ぐるぐるといろいろな思いが回る。

こんなふうに考えるようになったのは、蒼士と両想いになれて、心が幸せで満たされているから。

裏を返せば、自分が幸せだから、上から目線で久我を憐れんでいるのだろうか？

それはそれで嫌になる。

「どうした？」

蒼士に声をかけられて、自分が雑誌を放り出して、髪をくしゃくしゃとかきまわしていることに気付いた。

「あ……いや、なんでもない」

「もしかして、早く終わりにしろって思ってるのか」

蒼士が手を止め、ペンをテキストの上に置く。

「ベッドに行くか？」

明日真は顔が熱くなるのを感じながら、ソファからはね起きた。

「どんだけ自信過剰だよっ。俺が四六時中抱かれたがってるとか思うなよ」

言ったそばから、ほらこういうとこだよ！　と脳内で自分をタコ殴りにする。

本当は思ってる。それなのに図星を指された恥ずかしさで、つい相手をディスるようなことを言ってしまう。

蒼士は苦笑いで立ち上がった。

「悪かった」

太い腕が、明日真をそっと抱き寄せてくる。

「四六時中抱きたがってるのは、俺の方だ」

胸の奥が甘くよじれて、身体が内側から裏返りそうになる。

「……別につきあってやってもいい」

そうじゃない。本当は自分の方がずっと蒼士を好きでたまらないのに。

口に出せない気持ちを蒼士の背中に回した指先に込める。

二人で過ごす夜は、いつも永遠のようで、一瞬だ。


千客万来、とでもいうのだろうか。

その二日後、職場に意外な人物がやってきた。

遅番で出勤して、バックヤードでネクタイを結んでいた明日真に、堀井が意味深な表情で声をかけてきた。

「吉沢くん、六番テーブルにご指名入ってるわよ」

「了解です。……って、いつからうちはホストクラブになったんですか」

「だって本当にご指名なんだもの。ちょっと昔の、二時間枠のサスペンスドラマに出てきそうなおしゃれな奥様よ」

まさかと思いながらフロアに出てみると、予想通り蒼士の母親がフロアの奥のテーブル席でコーヒーを飲んでいた。

高そうな白いレース地のタイトなスーツ姿に迫力がある。

明日真と目が合うと、尊大に顎でこっちに来るようにと指図する。さらには明日真のうしろから様子を窺っていた堀井を手招きして、バッグから長財布を取り出した。

「ちょっとこの子をお借りしてもいいかしら」

鬼の爪かと思うほど尖(とが)ったネイルの指先で、長財布から数枚の一万円札をつまみ出して、堀井に渡そうとする。

堀井は薄く微笑(ほほえ)んで、明日真の方に視線を向けた。

「お知り合いの方？」

明日真はうなずいてみせた。

堀井は母親の方に向き直った。

「混雑してきたら、声をかけさせていただきますね」

「五分で済むわ」

そう言いながら差し出してくる札を笑顔で固辞して、明日真にチラッとあとで詳細を話すようにと念を押す視線を向けて、堀井は席を離れていった。

「座って」

勤務中に客席に座るのはためらわれたが、変に押し問答をしていると余計に悪目立ちしそうなので、明日真は向かいの席に座った。

「先日お会いしたわよね。あなたも大学のお友達かと思ったら、違うんですってね」

答えあぐねる明日真の方に、母親はぐっと身を乗り出してきた。

髪も肌も、手入れが行き届いている。持って生まれた素材の美しさでいえば、明日真の母の方が格段に上だったが、蒼士の母親には　年相応の貫禄を備えた美しさがあった。

「蒼士と一緒に暮してるんですってね」

淡々と言う。蒼士は明日真と共に上京したことも同居のことも、一切実家には話していないはずだ。

ましてや明日真の勤め先のことなど、教えるはずがない。

「蒼士のお友達の女の子が教えてくれたのよ。蒼士とおつきあいしてるって、本当なの？」

明日真の心の疑問に答えるように、母親が言った。

この前、怒りをぶつけて出て行った久我のことを思い出した。腹いせで告げ口をされたらしいと悟っても、怒りは湧いてこなかった。

「この前会った時に、あなたの顔になんとなく見覚えがあるなって思ったんだけど。美和(みわ)さんの息子なんですってね」

蒼士の母親が、明日真の母の名前を口にしたことに、少し驚く。

「……ご存知なんですか？」

「私も昔は同じ業界にいたから。元芸能人の美人ホステスって、狭い町では有名だったもの。何度かお見かけしたけど、本当にきれいな人だったわ」

不躾(ぶしつけ)な視線が、蒼士の顔に注がれる。

「あなたも本当にきれいだから、人生経験の浅い息子が、性別を超えて惹(ひ)かれる気持ちもわからなくはないわ」

母親はコーヒーをひと口飲んで、不敵な笑みを浮かべた。

「でも、美しさなんて一過性のものよ。そんな幻影で、蒼士の人生をめちゃくちゃにしないで欲しいの」

在りし日の母の姿が脳裏をよぎる。劣化を異常に恐れていた母。つきあう男の格が落ちていくのが、息子の目から見ても憐れだった。

「聞き入れてくれるなら、相応のお礼はするわ。引っ越しや新居の契約にはそれなりにお金もかかるでしょうし」

鷹揚(おうよう)な笑みを浮かべて、母親は続ける。

「だから、息子が未練を抱かないように、あなたの方からざっくり傷つけて振って欲しいの」

連れ戻すためなら、息子が傷つこうが構わないという歪(ゆが)んだ愛情にドン引く。

蒼士が母親を毛嫌いする理由が、よくわかった。

言いたいことはいろいろあったが、言葉を探しているうちに、店が一気に混んできた。

厚かましいが空気が読めないわけではなさそうな母親は、伝票を摑(つか)んで席を立った。

「用事があって数日こっちに滞在するから、また寄るわ。それまでによく考えておいてね」

すれ違いざま、小声でぼそっという。

「お礼の額は、相談に応じるわよ」

すっと離れていく後ろ姿を目で追いながら、この世には本当になんでも金で解決できると思っている人間がいるんだなと、驚く。

そして、この場で返事をせかさず、金の話を匂わせてあえて考える時間を与えるやり方に、手練れ感があるなと感心した。

仕事に戻り、混雑のピークを越えたところで、堀井が声をかけてきた。

「さっきのマダム、ホストクラブへの引き抜きかなにか？」

明日真は苦笑いを浮かべてかぶりを振った。

「迷惑をかけてすみません。蒼士のお母さんです」

「田辺くんの？　言われてみれば、迫力があるところは似てたかも。吉沢くんになんの用？」

「蒼士は実家とうまくいってないので、俺から様子を聞き出したかったみたいです」

明日真は適当にお茶を濁して、仕事に戻った。

3

「めっちゃ怖かったな。チビる寸前だったわ」

　薄暗い劇場内から出口に向かう緩やかなスロープを歩きながら、カズマは明日真の肩に腕を回して、ぼやいてきた。

　明るいロビーに出ても、まだくっついているものだから、物珍し気な視線があちこちから飛んでくる。

「カズマさん、ちょっと離れませんか?」

「やだよ。見てただろ?　カップルがちょっと離れたとたんに、ひっついてくる悪霊!」

「俺たちはカップルじゃないし、あれはフィクションですから」

　客からもらったムビチケがあるから映画に行こうとカズマに誘われ、ホラー映画史上最強とかいうキャッチフレーズの映画を二人で観に来た。

「あ、記念に写真撮ろ」

　デジタルサイネージの前で明日真の肩を抱いて自撮りすると、

「蒼士に送りつけてやろっと」

カズマは悪い笑みを浮かべて親指で画面を操作する。

明日真は今日は仕事休みだが、蒼士はバイトと予備校で一日埋まっている。

「蒼士と来れなくて残念でしたね」

明日真が言うと、カズマは笑い出した。

「全然。あのポーカーフェイスとホラー映画観ても、なんも面白くなさそうだし」

「俺だってホラーとか全然動じないタイプですけど」

「とか言っちゃって、途中で何度かビクッてなったの知ってるよ？」

「あ、バレてました？」

「あったりまえだろ。かわいいやつめ」

人目もはばからず明日真の頭を両手でぐりぐり撫でてくる。

カズマが気さくに遊びに寄ってくれたり、こうして誘ってくれたりするのは結構嬉しい。

職場の知人以外、友人と呼べる相手もいない明日真にとって、カズマは楽しい遊び相手だった。蒼士との関係をわかってくれているところも気が楽だ。

「どうせ蒼士は遅いんだろ？　夕飯食べていこうよ」

「カズマさん、仕事は？」

「まだ余裕。なに食べたい？」

「んー、肉？」

「いいね、肉。穴場の焼き肉屋があるんだ。カズマ兄ちゃんが奢ってやる」

ネオンが輝きだした駅の周りの雑踏を抜け、カズマは行きつけだという焼き肉屋に連れて行ってくれた。

ビールで乾杯して、肉を焼きながら、カズマはスマホを覗き込んでニヤニヤした。

「見てこれ。超楽しい」

こちらに向けられたスマホ画面には、蒼士からメッセージが表示されている。

『人のものに気安く触るな』

「お手本のようなツッコミだな」

明日真のスマホにもメッセージが届く。

『帰ったら、全身消毒してやる』

ひょいと覗き込んで、カズマが噴き出す。

「面白いな、あいつ。ホントに明日真くんのこと大好きだな」

明日真はタンを裏返しながら、カズマに訊ねた。

「カズマさんと蒼士って、昔から兄弟として交流があったんですか？」

「いや、あいつが中学生のときに爺さんの葬式で喋ったのが最初だったかな。その時連絡先を交換して、なんとなくやりとりするようになったって感じ」

「……わだかまりとか、なかったですか？」

「蒼士はなんか負い目を感じてくれちゃってたみたいだけど、俺は全然。ほら、焼けた」

トングで明日真の皿に肉をとりわけながら、カズマは軽い調子で言う。

「親父とうちの母親の結婚は、昔風に言う政略結婚みたいなものだったからさ。世間的に見れば、愛人に追い出された憐れな本妻、みたいな図式だけど、母親は親父の有責で別れられて、ほっとしたみたいなとこあったし。親父には、蒼士のママみたいなタイプの方がお似合いだと思う」

タン塩を頬張りながら、「でも」とカズマは続ける。

「一番の被害者は、蒼士じゃないかな？　うちの母親と俺は解放されて好き勝手してるし、蒼士のママは正妻の座にのし上がって念願叶ったわけだけど、蒼士はほら」

「乗り気じゃない跡継ぎの座を強要されて？」

「そう。そもそも、親父がうちの母親と別れる前は、愛人の子っていう立場で、肩身の狭い思いをしてたわけじゃん？　そんでママが正妻になったらなったで、前妻を追い出した悪女の息子みたいな立ち位置で思春期を送るハメになってさ。気の毒すぎるよな」

明日真は、蒼士と出会った頃を思い出す。

自分の生い立ちを自嘲的に口にしながら、明日真をクラスメイトのいじりから庇ってくれた蒼士は、成績優秀でありながら、どこか陰のあるアウトローな雰囲気を漂わせていた。

「だからさ、俺、元気づけようと思って、安全に閲覧できるエロサイトのリンクを山ほど貼って送ってやったりしたのに、あいつ全然喜ばないうえに、勝手に携帯チェックしたママから俺宛にめっちゃ怒りのメール送られてきたし」

思い出したように笑い出す。

「でもまあ、喜ばなかった理由は、今ならわかるけど」

明日真を見て、意味深な笑いを浮かべる。

「男が好きだって知ってたら、オネエサンのエロ画像じゃなくて、俺のセクシーショットを送ってやったのにってさ、昔のこと思い出してこの前言ったら、あいつなんて言ったと思う？」

訊ねるてぃを取りながらも、明日真の答えなど一切聞く気はないようだ。カズマは目じりを指できゅっとつりあげ、蒼士の顔マネをしながら低い声を作って言う。

「『俺は男が好きなんじゃない。明日真が好きなんだ』って、こう、キリッとした顔で」

「話作ってるでしょう」

「いやいや、マジだから」

「そんな芝居がかったこと、蒼士は言いませんよ」

「言ったんだって。若干表現が違ったかもしれないけど」

「ほら、作り話」

「マジで言ったんだって。待ってろよ、正確に思い出すから」

　カズマは両方の拳でこめかみを押さえてしばし考え込んだあと、ひらめいたという顔になった。

「思い出した！　えっと確か『明日真以外の男になんか、興味ない』だった」

「ああ、それなら言いそう」

　つい頬が緩むのを感じながら言うと、カズマにどつかれた。

「のろけかよ」

「いや、別にそんな」

「それがのろけじゃなかったら、なにをのろけって言うんだよ」

　しょうもないことを言い合いながら、楽しいなと思う。

　蒼士と恋人同士になれて、もう世界に二人だけいれば幸せだと思っていた。でも、それをのろけられる相手がいると、幸せはもっと大きくなるのだと初めて知る。

　もしも兄弟がいたら、こんな感じだろうかと想像する。

「カズマさんって口かたいですか？」

「え、なに、急に」

　肉を焼く手を止めて、カズマが顔をあげる。

「ちょっと相談に乗ってもらいたいことがあって」

「なになに？　蒼士のエッチがねちっこいとか？」

「いえ……」

「ああ見えて意外にもドMとか？」

「違います」

「じゃあ、見た目通りのドSで困るとか？」

「……やっぱいいです」

「なんだよー、冗談に決まってるだろ？　なに、相談って。仕事柄、恋愛相談にはのり慣れてるし、そういうことに関してはダイヤモンド級にかたいよ、俺の口は」

酔っぱらってるし、と思いつつも、この件を相談相手としてカズマ以上に適した相手はいない。

「おととい、店に蒼士のお母さんが来たんです」

「店って、明日真くんの職場に？　一人で？」

「うん。蒼士と俺のことがバレてて、別れてくれって言われました」

カズマはさほど驚いた様子でもなかった。

「金ならいくらでも出す、みたいな？」

「まさにそんな感じで。手切れ金とかそういうの、ドラマの中の話だと思ってたから、びっくりしました」

「いかにもあの人らしいなぁ。なにがなんでも蒼士を連れ戻して、跡を継がせたいんだろうな」

「返事はあとで聞きにくるって言われて」

カズマは面白そうに身を乗り出してくる。

「どうするの？　蒼士の将来を考えて身を引く？」

「まさか」

明日真はきっぱり言った。

「あ、なんだ。蒼士のために身を引いた方がいいかどうかって相談されるのかと思った」

「俺、そんな健気なキャラじゃないですよ。いくら蒼士の親でも、初めて会う人の理不尽な頼み事をのむなんて、ありえないです」

「明日真くんの中では、もう答えはきっぱり出てるんじゃん。だったら俺に相談することなんてなくない？」

言われてみればその通りなのだが。

「断ることは決定事項だけど、それでお母さんが納得するとは思えないんですよね。どんな手に出てくるか、カズマさんならわかったりするのかなって……」

流れでそんな質問をしてしまったものの、すぐに後悔する。

「すみません。相当無神経なこと言ってますね、俺」

「いやいや、元妻とその息子って、まさにママの被害者代表みたいなものだもんな」

「すみません……」

「まあ、その気になればどんなことでもしてくるだろうな、あの人は」

「どんなことでも」

明日真は考え込み、言った。

「暗殺とか？」

カズマはビールにむせ返って笑う。

「さすがにそこまでは。グレーぎりぎりの方法ってこと」

「グレーか」

「蒼士には話してないの？」

「今のところは」

母親の訪問を受けた日の晩、話そうかなと思ったのだが、蒼士が課題で忙しそうだったこともあり、言いそびれてしまった。

いや、忙しそうだったからというのは言い訳だ。本当に話したければ、蒼士の状況など気にせずに話していた。

なんとなく二の足を踏んでしまったのだ。

母親が来たことを話せば、二人の交際や明日真の勤め先を母親に伝えたのが久我だということも露呈するかもしれない。

久我が蒼士から悪感情を持たれる展開は、なんとなく避けたかった。

偽善者と言われればその通りなのだが、そもそも久我を傷つけ怒らせたのは明日真なのだ。すべての原因は明日真にあるといってもいい。

それに、息子に内緒で明日真に会いに来たということは、母親も蒼士に言っても無駄だとわかっているのだろう。だから明日真も、できれば蒼士を通さずにことを納めたかった。

「ちゃんと蒼士に話した方がいいと思うよ。あのママは、きみの手には負えないよ」

「……ですかね」

「親父だっていいように振り回されてるくらいだ。明日真くんの憎しみをもってしても、なかなか太刀打ちはできないと思う」

「いや、憎しみとかはなくて。ていうか、別に嫌いじゃないです、蒼士のお母さんのこと」

感じたままを口にしてみて、自分はそんなふうに思っていたのかと、ちょっと驚く。

カズマも目を丸くした。

「え、そうなの？　俺がきみの立場だったら、天敵認定だけど？」

「天敵……まあそうなんですけど、親だったら普通の感覚だと思うし」

「ママは単なる息子かわいさってわけじゃないよ。あの人自身の野心を満たしたい気持ちが大きいんだと思う」

蒼士に聞いていた話からも、それはなんとなくわかる。

でも、そういうところも含めて、決して嫌いではない。

明日真の母と真逆の資質だからかもしれない。

いつも自分の中から失われていくものにばかり目を向けて、病的に怯えていた明日真の母。

母が好きだからこそ、その姿をそばで見ているのは不安で怖かった。

蒼士の母親はまったく逆だ。失われていくものを補塡しようともがくのではなく、自ら貪欲に欲しいものを取りに行き野心を達成していく。

そのしたたかさには、妙な安心感があった。多分、明日真がどんなに抗おうと盾突こうと、ものともしないに違いない。闘う相手として厄介なことに違いはないけれど。

「俺には太刀打ちできないかもしれないけど、頑張ります」

「おう、頑張れ。もっと肉食って頑張れ」

カズマは焼きあがった肉を次々明日真の皿に取ってくれる。

ちょっと無責任な対応に、救われる。逆に親身になって手を貸してくれるようなタイプだったら、打ち明けたりしなかったと思う。

帰宅すると、蒼士はリビングで勉強していた。

「ただいま。夕飯食べた？　これ、カズマさんから」

テイクアウトの焼肉弁当を手渡すと、蒼士は仏頂面で明日真を見た。

「遅い」

明日真の帰宅時間に不満を言うなんて初めてのことだ。

「カフェの遅番の日より早いくらいじゃん。飲み会とかあったらもっと遅い日もあるし」

「ベタベタした写真とか送り付けてくるし」

「カズマさんはふざけてるだけだってわかってるだろ」

そして蒼士も本気で怒っているわけではないのはわかっている。

蒼士はペンを置いて両手で伸びをすると、弁当の包みに手をかけた。明日真は冷蔵庫から二人分の麦茶を取ってきて、蒼士の隣に座った。

「映画、面白かった?」

「グロかった。何度も叫びそうになった」

「それもあいつの策略だろ」

「なんでカズマさんが俺を狙ってるみたいな話になるんだよ」

思わず笑ってしまう。

「あいつは明日真のことすごく気に入ってるし。人好きのするやつだから、明日真も一緒にいると楽しそうだし、なんか腹立つ」

「蒼士って結構やきもち焼きだよな」

からかうノリで突っ込むと、蒼士は箸（はし）を操る手を止めて真顔で「当然だ」と胸を張る。

真に受けられてしまうと、なんだか調子が狂う。

「俺だって、カズマさんの正体を知らずにあの現場に踏み込んだときは、めっちゃショックだったんだけど」

「実の兄弟でどうこうあるわけないだろう」

「だから、あのときは兄弟って知らなかったわけだし。それを言ったら、弟の交際相手にどうこうとか思うわけないだろ」

「兄弟の恋人とどうこうなるのは、古今東西の定番展開だろ」

「それ言うなら、義兄弟で……っていう展開だって、ワンチャンなくはないはず」

「気持ち悪いこと言うな」

「そっちこそ」

しょうもない口論をしながら、明日真はつい顔が笑ってしまう。

「何がおかしいんだよ」

「だってさ、蒼士にやきもち焼いてもらえるなんて、すごくない？　そんな日が来るってこと、タイムマシンに乗って、中学生の頃の俺に教えてやりたいわ」

しみじみ呟（つぶや）いたあと、急に恥ずかしくなって、明日真はソファから立ち上がった。

「麦茶のおかわり、とってくる」

しかし横からのびてきた手に腰を引っ張られ、ソファに引き戻されてしまう。

「明日真、かわいい」

「やめろ、恥ずかし……っ」

ソファに押し倒されてキスをしかけられ、明日真はジタバタと身をよじる。

「焼肉食べてきた口でキスとかヤバいからっ」

「俺も今食べたから、一緒だろ」

「や……っ……」

ささやかな抵抗を試みるも、結局はなすがまま、とろかされてしまう。

蒼士の背中に爪を立てながら、この幸せは絶対自分の手で守るんだと、ますます強く思う明日真だった。

4

早番で、まだうっすら明るさが残る時間に仕事を終えた明日真(あすま)は、バックヤードで着替えながらスマホの電源を入れ、履歴をチェックした。

蒼士(そうし)から、カテキョのバイトがキャンセルになって、早く帰れそうだという連絡が入っているのを見つけて、心が浮き立つ。

二人とも早い日は最近では珍しいから、外で夕飯を食べようかと提案の返信をしてみる。

カズマからもメッセージが届いていた。

『その後、ママから接触はあった？』

蒼士の母の最初の訪問から一週間が過ぎようとしていたが、その後は静まり返っている。

気にかけてくれていることにお礼の言葉を添えて、状況を送信すると、すぐに電話がかかってきた。

『ラインくれたってことは、もう仕事終わり？』

「ええ。今日は早番だったので」

『だったらメシ行かない？』

「すみません、今日は蒼士が早く帰れるらしいので」

『マジか。じゃあ嫌がらせで押しかけようかな。もう店出るとこ？』

「そうです。今……」

話しながらバッグを肩にかけ、通用口から外に出ようとして、明日真は固まった。細い路地の向こう側に、蒼士の母親が立っている。

『明日真くん？　もしもし？』

「あ……すみません、噂をすれば……」

『ママか？』

「はい。一旦切りますね」

通話を切って、明日真は外に出た。

蒼士の母親は、ヒールを鳴らしながら悠然と近づいてきた。

「お店に寄ったら、ちょうどあがったところだっていうから」

普通だったらデザインに中身が負けてしまいそうな大柄のワンピースがよく似合う。近くに来ると、化粧品か香水かフレグランスが香る。デパートの一階フロアに立ち込めているようなきつめの香りだが、明日真は嫌いではなかった。なんとなく自分の母親の匂いを思い出す。

「それで、金額は決まったの？」

いきなり問われて、鼻白む。

「別れる前提ですか?」

「だってそうでしょう?　蒼士が私に何も言ってこないってことは、私が来たことをあなたは蒼士に話してないってことよね。別れるつもりがないなら、いの一番で言いつけるものじゃない?」

なるほど、そういう解釈もあるのか。

「どこかでお茶でも飲みながら話しましょうか」

母親が表の通りの方へと促してくる。

揉めそうな話を、人目の多いところでするのもはばかられて、明日真は大通りに出る手前で足を止めた。

「別れるつもりはありません」

母親は明日真を振り返り、それも想定済みだというように、艶やかなリップで彩られた唇に薄い笑みを浮かべた。

「金額をつりあげようっていう作戦?　あなたのお母さんも、随分男にたかってたって噂で聞いたことがあったけど、血は争えないわね」

母の話を蒸し返されると、神経を逆撫でされて頭に血がのぼりそうになるが、冷静に、と自分に言い聞かせる。

これは自分だけの問題ではない。自分と蒼士の、この先の話。

「お金はいりません」

「じゃあ、何が欲しいの」

「なにも。蒼士と一緒にいられるなら、それだけで」

「蒼士のことが、そんなに好き?」

「好きです」

きっぱり答えると、母親の笑みが微妙に歪む。

「多様性の時代とかっていうの、大いに結構だと思うわ。私はね、同性同士のカップルにも一切偏見はないつもりよ」

母親は腕組みをして、顎をあげ、じろりと明日真をねめつけてくる。

「でも、自分の息子にはまっとうな人生を歩んで欲しいわ」

偏見はないと言ったそばから矛盾した言い分だとは思うが、親の気持ちとはそういうものだろうと想像はつく。

「好きだって言うなら、相手の幸せを考えて身を引こうとは思わないの?」

演歌みたいな台詞(せりふ)だけれど、刺さらなくはない。自分がそばにいない方がいいなら、消えるべきだと思う。

「蒼士のために、あなたに何ができるっていうの? マンションに転がり込んで、学生でもないくせにバイト暮らし。どうせ向上心なんてひとかけらも持ち合わせてなくて、先のことは何も考えてないんでしょう？　一生蒼士のヒモでいるつもり？」

よく動く母親の口元を見つめながら、向上心という言葉を頭の中で反芻する。

蒼士の母親にとって、多分父親にとっても、向上心というのは、人を押し退けてでも上へ上へと昇っていくことに違いない。それが正解だとしたら、明日真は確かにクズなんだろうなと思う。

でも、明日真の正解はそこにはない。

「俺は……」

「いい加減にしろよ！」

いきなり大きな声が降ってきて、明日真と母親は思わず大通りの方を振り向いた。

角から姿を見せた蒼士が、ただでさえ強面の顔に怒りを滲ませて立っている。

「こんなところでこそこそ明日真を待ち伏せして、ねちねち絡んで、世界一性格が悪い女だな」

「ちょっと蒼士、落ち着いて」

いきなり現れたことに驚きつつ、今にも母親に摑みかかりそうな蒼士を押さえ込む。

「ちょうどいいわ。こんな顔だけが取り柄のヒモ男とは、さっさと別れなさいよ」

「おい、クソババア。今なんて言った？」

「蒼士、やめろって。お母さんは蒼士のためを思って……」

「は？　俺のためのわけないだろう。こいつは息子のことなんか自分の煩悩の道具くらいにしか考えてねえよ」

「お母さんのことをこいつとか言うなって」

諌める明日真のうしろで、母親が忌々しげなため息をつく。

「あたりまえでしょう。こんなクソ生意気な息子、使えるコマじゃないなら、縁を切りたいくらいだわ」

あっさり開き直る母親に、明日真は拍子抜けする。

「あなたが田辺興業の跡継ぎになれば、私は安泰。あなただっていずれ私に感謝する日が来るわよ」

「永遠に来ねえよ」

「来るわよ。まずはこんな子とは別れなさい。向上心のないヒモと一緒にいても、あなたになんのメリットもないわ」

「おい……」

なにかすごい剣幕で毒を吐きそうな蒼士を、明日真は満身の力をこめて押し退けた。

「今、俺とお母さんが話し合いしてたとこだから、蒼士はちょっと待ってて」

バスケのガードみたいに、蒼士を背後に制して、母親の目をまっすぐ見て、言う。

「アドバイス、ありがとうございます。蒼士のお荷物にならないように、向上心を持って生きていこうって、すごく思いました」

母親は呆れ顔で明日真を見つめ返してきた。

「あなた、バカなの？　こんな嫌な親がいる男なんて懲り懲りだって思わせるために、理不尽に貶されてるのがわからないの？　バカにされて腹が立たない？　傷つかない？」

明日真はちょっと考える。もう少し前の自分なら、傷ついていたかもしれない。あるいは逆にキレて食ってかかっていたかもしれない。

でも今は、傷つきはしない。大切な人が自分の味方だと知っている。

「俺の母の話は事実だし、傍から見たら俺がヒモに見えるのも本当だと思います。だから、ちゃんと蒼士と対等になれるように、俺なりに努力しようって思っています。お母さんに言われて、より強く思いました」

母親は毒気を抜かれたような顔で、ため息をついた。

「……もう勝手にしたらいいわ」

「ありがとうございます」

「あなた、いちいち反応がおかしいわよ。今のは認めたわけじゃなくて、捨て台詞よ。いちいち説明させないで」

苛立つ母親を見て、蒼士の口元に珍しく小さな笑みが浮かぶ。

母親は癇に障った様子で、蒼士をねめつけた。

「なに笑ってるのよ」

「俺の恋人は男前だなと思って」

恋人という単語に、母親は鼻の頭に皺を寄せた。

「まあ、顔だけが取り柄っていうのは撤回するけど、いずれにしても子供のおままごとに変わりはないわ。あとで後悔して泣きついてきても、知らないわよ」

蒼士は無表情に母親を見返した。

「この期に及んで、俺があんたに泣きつく日を妄想できるとか、おめでたいくらいポジティブだな」

母親は蒼士を睨み付けると、踵を返し、ヒールを鳴らして立ち去って行った。

これでめでたしめでたしなのか、それともこのあとなにか報復でも待っているのか。

ともあれ一難去って、ほっと肩の力が抜ける。と同時に、蒼士の絶妙な出現を思い出して、今さらながら驚く。

「すごいタイミングで現れたけど、どこから湧き出したの？」

蒼士はじろっと明日真を見下ろしてきた。

「今日は早番だって言ってたから、駅まで迎えに来たんだよ。そうしたら兄貴から電話がかかってきて、おまえのとこにババアが来てるって知って」

「ババアとか言うな」

「あんなこと言われて、よく庇う気になるな」

「だって俺、蒼士のお母さん嫌いじゃないし。いや、蒼士が嫌ってるのはよくわかるよ。でも、あそこまでいっちゃうと、もはやあっぱれじゃん？」

「つうか、さっき兄貴に聞いたけど、前にも明日真のところに来たんだって？　なんで俺に言わないんだよ」

明日真は肩を竦めた。

「だって、言ったら蒼士は俺を守ろうとして、お母さんに食ってかかるだろ」

「あたりまえだ」

「無用な揉め事を起こしたくなかったし、いつもいつも蒼士に守ってもらうのはなんか違うなって」

駅に向かって、肩を並べて歩きながら、明日真は蒸し暑い雑踏の中に言葉を探すように視線を巡らせた。

「もしも、俺が蒼士に片想いをしてたときに、その気持ちをお母さんに気付かれて、蒼士に近づくなって言われてたら、言う通りにしてたかもしれない。それは俺だけの気持ちの問題で、俺が蒼士を好きでいることが誰かを不快にしたり傷つけたりしてるなら、離れるべきだから」

「逃がさねえけどな」

人とぶつかりそうになった明日真の腕を自分の方に強い力で引き寄せて、蒼士がぼそっと言う。

明日真は微笑んで、蒼士を横目で見た。

「でも、今回のは俺個人のことじゃなくて、俺と蒼士と二人のことだから。誰に何を言われても、誰かを傷つけても、誰かに迷惑をかけても、そこは譲れないし、ちゃんと自分で守りたいって思った」

蒼士は仏頂面で、明日真の腕を掴んだまま、ぐんぐん雑踏をかきわけていく。

「すげえ嬉しいけど、すげえ腹も立つ。兄貴には相談したくせに、俺にはひとこともなしかよ」

「だから、さっきも言ったように、揉めるのが目に見えてたから」

「揉めるに決まってる。だけど言えよ。俺はそんなに頼りないか？」

「頼りなくないよ」

「じゃあなんで」

「もし、立場が逆だったら？」

「逆？」

「俺が蒼士の家の子で、俺の親が蒼士のところにあんな感じで行ったら、蒼士はすぐに俺に言う？」

「……言わないだろうな」

ぼそぼそと認めたうえで、蒼士は続けた。

「でも、おまえは言えよ」

明日真は思わず笑ってしまう。

「矛盾してるって」

「矛盾なんて関係ない」

勝手だなと思いつつも、嬉しくないわけはなく。

蒼士も同じ心境なのかなと思う。

外で食事という空気でもなくなってしまい、結局まっすぐ家に帰った。

「腹減ったよな。なにか簡単なもの、一緒に作らない？」

提案すると、蒼士は手を洗って、素直にキッチンにやってきた。

「ありものでお好み焼きとかどう？　野菜洗うの任せていい？」

蒼士は無言で引き受け、黙々とキャベツを洗い始めた。

ひとことも喋らず、仏頂面で作業をする姿は、いかにも不機嫌そうに見える。

「まだ怒ってるわけ？　カズマさんに相談したのは、別に蒼士を軽く扱ったわけじゃないよ？

あの人は俺たちの関係を知ってる唯一の人だからってだけで」

「おまえに怒ってるわけじゃない」

「じゃあカズマさんに怒ってるの？　巻き込み事故は気の毒だよ」

「兄貴でもない。自分に腹が立つんだよ」

乱暴にキャベツを振り回して水を切る。

「ちょっ、水を飛ばすなって。わかったから、とりあえず落ち着いて話そう」

明日真は小麦粉を量っていた手を止めて、蒼士をリビングのソファに連れていく。

隣に座って、顔を覗き込む。

「なんでだよ。俺が話さなかったから？　信頼されてないって思って？」

「それもあるけど。うちの母親が、金で解決しようとしてただろう？　聞いてててめちゃくちゃ腹が立ったけど、俺も同じだって気付いて」

「同じ？　どこが？」

「おまえから法外な家賃を預かってただろ」

「あれは俺が払うって言ったんだよ」

「給料の半分を押さえておけば、おまえはいつまでたってもここを出て行けない。だからあえて断らずに受け取ってた」

「言ってたね」

蒼士は眉間に皺を寄せる。

「ふと、我に返った。姑息（こそく）な手段で自立を妨げてさ。俺には確実にあの家の血が流れてるって、空恐ろしくなった」

　真剣な口調で言われて、明日真は蒼士が愛おしくなる。

「全然同じじゃないだろ。俺はその話を聞いたとき、嬉しかったよ。蒼士が俺に執着を持ってくれてるってことが」

　蒼士は明日真を見て、皮肉っぽく微笑んだ。

「明日真をヒモ扱いしてたけど、自分の息子の方がよほどヒモだっていう事実を恥じるべきだよな？」

「蒼士はヒモじゃないし」

「明日真から毎月十万巻きあげてる」

「一円も使ってないくせに」

「一人前の社会人の明日真と違って、俺はまだすねかじりの学生だしな」

「でも、実家のすねは一ミリもかじってないじゃん」

「じいさんからの贈与っていう、運に恵まれただけだ」

「今日は珍しく弱気だね」

「明日真に頼りにしてもらえなかったから、拗ねてる」

　強面に似合わぬかわいいことを言うので、笑ってしまう。

「頼りにしてるから、言えなかったんだって。言えば蒼士が全部自分で片をつけちゃうから」

「俺はそんな有能な人間じゃない」

「有能すぎるほど有能だろ。大学とバイトと予備校の三本立てなんて、俺には絶対無理。それに、蒼士がこれ以上有能で完璧な人間だったら、俺の方がいたたまれないよ」

蒼士の首に腕を回して、甘えかかりながら明日真は言った。

「お母さんに言われたこと、本当のことばっかりだよ。蒼士と一緒に暮らせることが嬉しくて、先のことなんて何も考えずについてきた。蒼士が飽きるまで、一緒にいさせてもらえればいいって思ってた。仕事だって、なんにも考えずに選んだ。俺なんて、ホントにしょうもない人間だよ」

蒼士のがっしりとした腕が、明日真をぎゅっと抱き返してくる。

「でも、今は先のことを考えるのが楽しいんだ。いつか自分の店を持ってさ、二階は蒼士の事務所で、三階は愛の巣、カッコ死語」

蒼士が笑う気配が、触れ合った頬ごしに伝わってくる。

「でも、まだまだ未熟で、すべてはこれからだから、蒼士ばっか完璧だったら困る。一緒に考えて、一緒に大人になろう」

蒼士は苦笑いして、顔を寄せてくる。

「そうだな」

自然と唇が触れ合い、そのままソファに押し倒される。

何度目か知れない蒼士とのキス。でもまだ、それはあたりまえのことではなくて、明日真をときめかせ、そわそわと落ち着かない気持ちにさせる。

「なんかさ……」

気恥ずかしくてつい、軽口を叩きたくなる。

「絆が強まっちゃって、お母さんの襲撃は逆効果だったな」

「ザマミロだ」

蒼士はじゃれつく大型犬のように、明日真の唇に、頬に、顎に、キスの雨を降らせてくる。

「待って待って、夕飯、どうするんだよ」

「メシより明日真が食いたい」

もう何度も身体を重ねているけれど、蒼士にがっつかれると、嬉しいのと恥ずかしいのとで、物慣れず全身が熱くなる。

「……じゃあ、シャワー浴びてくるから、待っててよ」

「待てない」

「……っ」

噛みつくように再び口を塞がれ、甘いキスに気を取られている間に、ボトムスのファスナーを下ろされ、ずりさげられる。

「っ、待てってばっ、わっ……」

抵抗虚しくTシャツを頭から引き抜かれ、あっという間に半裸になってしまう。

シャワーシャワーと騒ぎながら、ふざけ合い、もつれあって、リビングに点々と服を落としながら、二人で浴室に転がり込んだ。

シャワーを浴びながらも蒼士が情熱的なキスをしかけてきて、水勢とキスの嵐で明日真は酸欠状態に陥りそうになって、後ろ手にシャワーを止めた。

「……待ってってばっ。身体洗うから」

「洗ってやる」

蒼士がボディソープを手に取り、明日真の身体になすりつけてくる。

「あ……」

ぬるりと胸元をなぞられると、感じてしまい、思わず声が出た。静かな浴室に自分の裏返った声が反響して、俄かに恥ずかしくなる。

「じ、自分で洗う」

「いいからじっとしてろ」

明日真の大きな手が、石鹸のぬるみをまとって、身体を這っていく。首筋、胸、脇腹、下腹部。

「あ……っ……」

「脚、開いて」

言われるがまま両足を開くと、無骨な手が脚の付け根に滑り込んでくる。ひどく感じてしまって、明日真は冷たい浴室の壁に背を押し付けた体勢で、上擦る声を噛み殺す。

「うしろも」

命じられて、明日真は操られるように身体の向きを変えた。

背中を、尻を、蒼士の手で滑らかに撫で洗われて、濡れて冷えた身体があっという間に火照りを帯びてくる。

身体の芯が立ち上がり、冷ややかな壁のざらつきにこすりつけられて、ひどく感じてしまう。蒼士の手が、壁と明日真の間に入り込んで来て、ぬるりと刺激を加えられると、ひとたまりもなかった。

「や……ばか……っ」

背後から首筋にくちづけられながら、明日真は甘く抗議の声を洩らして、小さく達する。

尻の狭間に指先を這わしてきた蒼士に、シャワーをかけて抗議する。

「こんなところでがっつくなっ」

「……おまえがかわいいのが悪い」

怒ったように言うと、蒼士はシャワーを止めて、明日真を浴室の外へと押し出した。

頭からタオルをかぶせられ、自分で髪を拭こうとしたら、浮遊感とともに、天地が逆転する。

「ちょっ、何してるんだよ、ゴリラ力っ！」

蒼士の肩に担がれて、壁やドアの枠に軽くぶつかりながら、一瞬で蒼士の部屋に運ばれ、ベッドにそっとおろされた。

「ベッド、びしょ濡れじゃん。身体拭くから、ちょっと待てよ」

「すぐ乾く」

「乾かないって」

「じゃあ、俺が舐めとってやる」

「……ってぉい、バカっ……」

蒼士は本当に、明日真の身体の水滴に舌を這わせる。鎖骨のくぼみに、胸の突端に、へそに。

冷静になれば滑稽とも思えるやりとりも、欲情の最中ではすべてが官能をたきつける刺激になった。

動物のように身体中に舌を這わされて、明日真は敏感に身を震わせた。

裏返されて、尾骨から尻の狭間に舌を這わされそうになったときには、さすがの明日真も本気で身をよじった。

「バカっ、そんなとこやめろって」

「いいから、させろよ」

有無を言わさぬ力で押さえ込まれて、熱くぬめった舌がじっとりと割れ目を辿って下りていく。

「やぁ……っ」

いくら体格差があるとはいえ、明日真だって若い男で、本気で暴れたら抵抗できないはずはない。しかし体力差だけではないなにがしかの力が、明日真の抵抗を奪っていく。

恥ずかしくていたたまれないと思う一方で、こんな姿を晒(さら)して、こんなことをされている自分に感じてしまう。

一番好きな相手だから、恥ずかしい。

でも、一番好きな相手にしか許せない、心と身体の奥深くの場所。

「もう少し、脚、開いて」

「やめろ、バカっ……」

「もっと尻をこっちに突き出して」

「……ぶん殴るからなっ」

口では勇ましいことを言いながらも、明日真は蒼士の匂いのするシーツに頬をすりつけて、言われるがまま従順に脚を開き、尻を突き出す。

「あ……」

奥の奥まで蒼士の舌で辿られて、死にそうに恥ずかしいのに気持ち良くて、頭がおかしくなりそうだった。

男同士で、同い年で、対等な立場のはずの自分たち。

でも、ベッドの中ではいつも、蒼士が「オス」で、明日真はなすすべもなくぐずぐずにされてしまう。

男としてのプライドとか、悔しさみたいなものがまったくないわけではない。

でも、性別とか年齢とか関係なく、それが男女の関係であっても、同じふるまいをすることが対等というわけではないと、明日真は蒼士と身体を重ねるごとに感覚として知っていく。

貪欲に求められることが嬉しい。ことの最中は逆らえない……というより、口とは裏腹に逆らいたくなくて、蒼士にされることは全部嬉しい。身体の相性というのは、多分こういうことを言うんだろうなと思う。

だから対等じゃないとか、自分が弱いとかいうことではないはず。

だってこんなに幸せで、気持ち良くて、ドキドキするのに妙に落ち着くこの感覚は、絶対的な正しさ以外のなにものでもない。

全身がうるうるになってとろけだすんじゃないかと思うほど、蒼士に愛撫（あいぶ）の限りをつくされ、高まりきったところで、ようやく蒼士が身のうちに分け入ってきた。

「あぁ……」

大きなものに内側をみっちりと埋め尽くされて、たまらずに明日真は蒼士の背中に爪を立て、背をのけぞらせた。

すでに蒼士の手と口で二回いかされていて、三回目の山はなだらかで心地よく長い。

身体は三度目の頂点を求めて疼くけれど、蒼士が動きを止めてじっとしているので、ぞわぞわという快感に震えながら、極める手前でずっと足止めをくらっている。

無意識に自分のものに手をのばそうとすると、その手を摑まれ、ベッドの上にはりつけにされた。

かゆい場所を掻くことを禁じられたような、耐え難いムズムズ感に襲われ、明日真は快感にぎゅっと閉じていた目を見開いて、蒼士を見あげた。

「手、放せよ」

「今度は後ろでいくところが見たい」

「……変態ゴリラ」

恥ずかしくて毒づいてみせるものの、狂おしく求めているのはむしろ明日真の方だ。早く二人で頂点を極めたくて、自ら腰をうごめかせてしまう。

でも、蒼士は明日真の動きを封じるように、腰をぐっと密着させて、低い声で囁いてきた。

「次からは、なにかあったらちゃんと言えよ。母親のことでも、それ以外のことでも」

お預けを食わせて言質を取ろうと言うのか。

なんとなく悔しくて、無言でプイと横を向くと、蒼士はぐっと身をのめらせて、明日真の胸元に舌を這わせてきた。

快感に尖り切った先端を舌で舐られると、つながった場所がきゅうと収縮して、切ないようなもどかしい快感に太腿が震えた。

「やめろ、バカっ」

「おまえがうんと言うまで、ずっとこの体勢で、ここだけかわいがってやる」

「やっ、あ……」

　敏感な場所は微細な快感を拾いあげ、たまらないむずがゆさに明日真は左右に頭を打ち振った。

　ひどく感じてしまう。でも、これだけではいけないから、こんなことをずっと続けられたら、気が狂いそうだ。

「言う、言うからっ！　なんでも蒼士に言うって！」

「……本当だろうな」

「なんで疑ってるんだよっ」

「おまえがいつも隠すからだろう」

「う……」

　そう言われると、返す言葉がない。確かに、自分の気持ちも、母親の訪問のことも、秘密にしていたのは事実。

「これからは、ちゃんと言う」

「じゃあ、練習だ」

「練習?」

「ここ、どんな感じか言ってみろ」

乳首を舌で押しつぶすようにして、低い声で訊ねてくる。

「や……なにバカなこと言って……」

「なんでも正直に言う練習だろ」

「は? なにそれ。バカ! 変態!」

「なんでも言うって言ったくせに、嘘つきだな」

蒼士は明日真の手首と腰を縫い留めたまま、触れるか触れないかの刺激で明日真の乳首をいじめ続ける。

「あ、あ……やぁ……」

こんな愛撫を延々続けられたら、もどかしくて死んでしまう。

「……気持ちいい……いいけど、やだ」

根負けして、蒼士に命じられるまま、正直に言う。

「なんでいやなんだ?」

「だって、そこ、舐められると、中がきゅうってなって……」

「ああ、そうだな。さっきからヒクヒク締め付けてくる」

「でも、いきそうになるのに、いけないから……」

「じゃあ、どうして欲しい？」

「……蒼士ので、奥、こすって、いかせて欲しい」

いつもより色が濃く見える蒼士の瞳に、官能が揺らめく。

「こう？」

ゆるっと腰を揺すられると、つながった場所から波紋のように快感が広がって、明日真は身を震わせた。

「あ……っ」

「どう？」

「あ……いい……頭ヘンになりそうなくらい……」

いやらしくて、必死で、セックスって滑稽だと思う。

でもたまらない。

言葉じゃなくて身体でする会話は、誰とでもできるものじゃなくて、言葉じゃ届かないくらい奥の方まで満たされる。

「明日真……っ」

徐々に余裕をなくして、明日真の名前を呼びながら激しく激情を打ち付けてくる蒼士に、たまらない愛おしさを感じて、ぎゅうっと背中にしがみつく。

「あ、蒼士……蒼士……」

奥の奥で、蒼士が弾けるのを感じて、明日真も三度目の高みへと押し上げられる。

「……っ、は……はぁ……」

全力疾走してもここまではならないというほど息があがる。

隣に倒れ込んだ蒼士もしばし荒い息をついていたが、すぐに呼吸は落ち着き、まだはあはあ言っている明日真の頬に、戯れのようなキスを落としてくる。

「明日真、かわいかった」

事後に真面目な顔でそんなことを言われると、たまらなく恥ずかしくなる。

「バカゴリラ」

思わず背を向けると、後ろ抱きにしてくる。

「俺は褒めてるのに、なんで悪口」

「かわいいとか、二十歳すぎの男には褒め言葉じゃない」

「別にいくつだって、おまえはかわいい」

「……絶対頭おかしいし」

両想いになってから、蒼士の発言は箍が外れている。

まったくもって恥ずかしい。でもその百倍くらい嬉しい。そしてさらにその百倍くらいやっぱり恥ずかしい。

だって抱かれるたびに、自分が蒼士に組み敷かれて「かわいい」と言われるような状態になってしまっているのは事実だから、余計恥ずかしい。

「そういえば」

照れ隠しに、明日真は背後をキッと振り返った。

「今日もだけど、いちいち店まで迎えに来なくていいから」

かわいいと言われるのと同種の気恥ずかしさをこめて言うと、蒼士は意味が分からないという顔をする。

「別にいいだろう。早く会いたいし」

「は……」

反論しようとして言葉に詰まる。明け透けに好きを表現してくれるのが嬉しくて、でもそんな自分がいたたまれなくて。

「じ、じゃあ、逆の立場になったらどうなんだよ。俺が大学の前で待ち構えてたりしたら、恥ずいだろっ」

「全然」

「嘘つけ」

「マジで迎えに来てくれたら、すげえ嬉しいけど？」

すっかり呼吸が元に戻った蒼士は、明日真の背中にぴったりと身体を密着させてくる。

「でもその前に、ここにもう一回迎え入れられたら、もっと嬉しい」

すっかり硬さを取り戻したものが、尻の狭間にあてがわれる。

「なにその親爺トーク」

もはや何を言われても、怒ってみせるしか返しようがない自分のいっぱいいっぱいさに腹が立つ。

「無理そうだったら、我慢する」

耳元で名残惜しそうに呟かれて、明日真は蒼士の腕の中でくるりと向きを変えると、一文字に結ばれた蒼士の唇に噛みつくようなキスをした。

「無理なわけないだろ。ていうかこっちだって、まだ足んないし」

本当はもうかなりへろへろだけれど、強がってうそぶいてみせる。

いつも強面の蒼士の瞳が、嬉しげに生気を宿し、明日真にキスを返しながら、覆いかぶさってくる。

そのあと、腰が立たなくなるまで愛されて、自分の強がりを悔いつつも、とろけるように幸せな夜を過ごしたのだった。

4

　早番の夕方、明日真(あすま)は蒼士(そうし)の大学の正門をくぐって、だだっぴろい構内をきょろきょろしながら歩いていた。

　蒼士の今日の講義については、昨日さりげなく訊いてあった。最後の講義は東洋経済史で、五時十分に終わると言っていた。

　恋人が不意打ちで自分のテリトリーに迎えに来たら、どんな気持ちになるのか味わわせてやろうと、先日の意趣返しのつもりでやってきた。

　間に合うかどうか大慌てで身支度をして飛び出してきたのだが、授業の終わりにはまだ十五分ほど余裕があった。

　教室の場所を確かめようと、スマホで構内の案内図を見ながら歩いていると、学生生協の入口のあたりから、視界の端に強い視線を感じた。

　顔をあげると、じっとこちらを見つめる久我と目が合った。

　気まずい空気が立ち込める。気付かないふりで視線を逸(そ)らそうかとお互いに思っているのが、なんとなく伝わる。

明日真はひとつ息を吐くと、ゆっくりと久我(くが)の方に近づいた。逃げられてしまうかなと思ったが、久我はじっとそこに立って、明日真を見つめ返してきた。

なんと声をかけるべきか迷い、結局明日真はスマホの画面とうしろの建物を交互に見やりながら訊ねた。

「東棟の205教室って、どこから入ったらいいのかな」

「……田辺(たなべ)くんのお迎えですか?」

「そうです」

久我の連れらしき数人の学生たちが、ひそめているつもりで丸聞こえの声で「誰?」「超イケメン!」などとざわつき始める。

「知り合いの友達。ちょっと案内してくるね」

言い置いて、久我は明日真を建物の入口の方へと促した。

「授業が終わると、みんなここから出てきます」

薄ピンクの萩(はぎ)の花が夕風に揺れるベンチを目で示されて、明日真は久我と並んで腰をおろした。

大学は未知の場所なのに、学生たちのさざめきや、テニスコートから聞こえてくるボールの音は、高校時代を思い出してどこか懐かしかった。

「私は告げ口したのに、吉沢(よしざわ)さんは告げ口しないんですね」

細い声で言われて、明日真は久我の方を見る。

「告げ口？」

「……二人の関係を、田辺くんのお母さんに暴露したのは私なんです」

「……うん」

「やっぱりわかってたんですね。お母さんから、なにか連絡ありましたか？」

「……まあ、いろいろと」

久我は髪を耳にかけながら、弱々しく微笑んだ。

「二人の関係とか、吉沢さんの職場とかを、お母さんに教えて、泥沼のぐちゃぐちゃになればいいなって思ってました」

久我の声はかすかに震えていて、明日真は申し訳ない気持ちでいっぱいになった。

「ごめんね」

明日真が言うと、久我はぱっと目を見開く。

「どうして吉沢さんが謝るんですか？　ひどいことをしたのは私なのに。いつかそれが田辺くんに伝わって、嫌われるだろうなってずっとビクビクしてたんです。でも、田辺くんは何も言ってこなくて……。吉沢さん、話してないでしょう？」

「うん」

久我は悲しいような悔しいような目で、じっと明日真を見つめてくる。

「どうしてそんないい人なんですか？　私ばっかりひどい女で、いたたまれないです」

明日真はゆるゆるとかぶりを振った。

「違うよ。そもそも悪いのは俺だから。久我さんにも言われたけど、初対面の時の俺の態度は最低だった。本当にごめんなさい」

「吉沢さん……」

明日真は前髪をぐしゃぐしゃとかきまぜて、ぼそっと言った。

「俺ね、ずっと蒼士に片想いしてたんだ」

久我が目を丸くする。

「片想い？　両想いでしょう？」

「あの時点では、完全に自分の片想いだと思ってた。蒼士は普通に女の子が好きなんだと思ってたから。だからあのカレー屋に、蒼士がかわいい女の子を連れてきたとき、もしかして彼女なのかなって……」

驚いたように久我は目を瞬いた。

「それで嫉妬（しっと）に駆られて、すごく感じ悪い態度を取っちゃったんだ。思い出すと頭をかきむしってのたうち回りたくなる。本当にごめん」

頭を下げると、久我が「そんな……」と焦ったような声を出す。

「吉沢さんみたいにきれいで完璧で自信に満ち溢れた人が、嫉妬とか、のたうち回るとか、信じられない」

　毒気を抜かれたように言う久我に、明日真は苦笑いを返した。

「全然完璧じゃないし、自信なんてまったくないよ。頭悪いし、天涯孤独だし、お金もないし。俺は逆に、こんな難関大学に入れる頭脳を持ってる久我さんを尊敬するよ」

　久我はふっと表情を緩めた。

「なけなしの長所を褒めてくれてありがとう」

「なけなしじゃないでしょ。頭はいいし、かわいいし、行動力があって、勇ましい」

「嫌味ですか?」

「本当だよ。俺なんかの百万倍、いいとこばっかり」

「大盤振る舞いですね」

　笑いながら、久我は足先をぶらぶらさせた。

「でも、田辺くんが好きなのは、私じゃなくて吉沢さん」

「あー、うん。そこは確かに」

「ズルい」

「ごめん」

「謝られると、余計に腹が立つ」

「ごめ……あ……」

思わず言葉に詰まると、久我は「冗談です」と立ち上がり、明日真の正面に立って、深々と頭を下げた。

「ごめんなさい。それからありがとう」

「え？」

「吉沢さんにひどいことを言って、直後はせいせいしたって思ったけど、時間がたつごとにすごく嫌な気分になって、自分のことがどんどん嫌いになって……。謝らなきゃって毎日思ってたんです。今日、会えてよかった」

「俺も」

急に建物の中が賑やかになって、学生たちが外へと流れ出してきた。どうやら講義が終わったようだ。

明日真も立ち上がると、久我が気遣わしげに訊ねてきた。

「田辺くんのお母さん、大丈夫でしたか？　原因を作った私が言うのもおかしいけど……」

「大丈夫。ひと悶着あったけど、雨降って地固まるってやつ」

「よかった。……っていうか私、絵に描いたような嫌な当て馬ですね。人の恋路を邪魔して、結局は二人の仲を堅固なものにしちゃうっていう」

そんなことはない。明日真が自分の身勝手さや未熟さに気付けたのは久我のおかげだし、こんなふうに率直に謝ってくれるなんて、純粋でいい子なんだなと思う。

でも、自分の立場でそんなことを言うのは、かえって失礼で無神経だろうか。

生協の前では、友人たちが談笑しながら久我を待っている。久我はそちらに向けて「今行く」という合図をしてみせ、明日真の方に向き直った。

「今からみんなで、クレープを食べに行くんです」

「楽しそうだな」

明日真は言葉を探るようにして言った。

「俺、友達っていえるような相手、一人もいないんだ」

久我は意外そうな顔をする。

「そうなんですか?」

「蒼士さえいればいいって、ずっと思ってて」

「のろけかな」

冷やかされて、明日真は笑いながら小石をスニーカーのつま先で蹴る。

「友達なんかいらないから作らないって思ってたけど、本当は作らないんじゃなくて、できなかったんだと思う。すごく性格悪いから」

人の気持ちなんて、どうでもよかった。

ついでに、自分の人生もどうでもよかった。

蒼士への恋心だけが生きている意味で、先のことなんて何も考えていなくて、人の気持ちを考えたことなど一度もなかった。

「久我さんは友達がたくさんいる。それって、久我さんが素敵な人だからだと思う」

俺がそんな偉そうなことを言うのもおかしいけど、と付け加えようとしたら、蒼士の声が降ってきた。

「明日真？」

驚いたように駆け寄ってきて、明日真と久我を見比べる。

「二人で楽しそうになんの話？　っていうか明日真、こんなところでなにしてる？」

久我が微笑んだ。

「吉沢さんと、お友達になったの。今度おいしいクレープ屋さんに案内するから、連絡先、いいですか？」

険のとれた笑顔で、久我がスマホを突き出してくる。ちょっと驚きながら、明日真もスマホを取り出して、連絡先を交換した。

じゃあまた、と、久我は友人たちの方に小走りに去って行った。

蒼士は珍しくきょとんとした目を明日真に向けてくる。

「なんで大学に？」

明日真はからかうように口角をあげた。

「この前、言っただろ？　俺が大学まで迎えに行って、恥ずかしい思いをさせてやるって」

「恥ずかしい？　すげえ嬉しいけど？」

蒼士は笑って、明日真の肩に手を回してきた。

「おい、こんなところでくっつくのやめろ」

手を振り払おうとしたら、通りすがりの学生が声をかけてきた。

「あれ、田辺。友達？」

「いや、恋び……」

「蒼士！」

淡々とした口調で平然ととんでもないことを言おうとする蒼士に腹パンをお見舞いし、蒼士の腕を引っ張って足早にその場を離れる。

「おまえ、何言おうとしてんだよ」

「何って、事実をありのままに」

明日真は耳が熱くなるのを感じながら、蒼士の腕に爪を立てた。

「バカ」

オタオタさせてやろうと思ったのに、結局オタオタしているのは明日真の方だ。

なんとかすまし顔を取り繕い、行き交う学生たちに混じって、蒼士と肩を並べて正門の方へと歩く。

日中はまだ暑いけれど、夕暮れ時の風は心地好く、鮮やかな夕焼けの色はもう秋のものだ。

「なんかちょっと新鮮。俺も大学生になったみたいな気分」

「……明日真も本当は進学したかった？」

探るように訊ねられて、明日真は笑って即座に首を横に振った。

「全然。勉強好きじゃないし。俺はカフェの仕事の方が楽しい」

「そうか」

「たまに来るから新鮮なんだよ。ほら、テレビで高校の授業風景とか見るとさ、なんか懐かしくて、今あの頃に戻ったら、もっと真面目に授業を受けたのにとかって思うけど」

「ああ」

「でも、本当に戻ったら、かったるくて五分で寝ると思う」

「確かに、高校時代よく寝てたな、おまえは」

思い出したように蒼士が笑う。

あの頃のことを、こんなふうに楽しい記憶として笑えるのが、すごく嬉しい。

「じゃあ、また夜に」

正門の前で明日真があっさり解散しようとすると、蒼士は「え？」と驚いた顔になる。

「まさかもう帰るつもりか？」

「だってこのあと予備校だろ？　俺は単なる嫌がらせで寄っただけだから」

「喜ばせに来たの間違えだろ?」

「頭おかしい」

べーっと舌を出してみせたけれど、実際は蒼士の言う通り。

減らず口ばかり叩(たた)いているけれど、蒼士が店に迎えに来てくれるのは、本当は割と嬉しい。

だから明日真も、蒼士を喜ばせに来た。

素直に言いたいけれど、恥ずかしいから素面じゃ言えない。

でもきっと、蒼士はわかってる。

駅に向かって歩き出そうとしたら、斜めがけしたバッグの紐を引っ張られた。

「まだ一時間あるから、腹ごしらえにつきあえよ」

「えー。どうしようかな」

もったいぶってみせつつも、もちろん心は浮き立っている。

蒼士に促されて、ファストフード店に向かう足取りは軽やかだ。

「今日、一コマ余分に補習を受けていくから、帰りが少し遅くなるかも。先に寝てて」

「どうせ起こしに来るんだろ」

「起こさないように、そっと潜り込む」

「嘘ばっか。どんだけ深い眠りでも、妨げるようなことしてくるくせに」

「それはおまえがかわいいのが悪い」

「は？　バカ？」

ゴリラ顔でよくそんな歯の浮くようなこと言えるよな、と、照れをかくしてふくれっ面をしてみせるのは、もはやお決まりのパターン。

本音を隠すのは、片思いの恋心を隠していたのとはまた違う理屈。

言えないいんじゃなくて、言わないだけ。

だって恥ずかしいし。

それに言わなくたって、完全にわかられているし。

今夜だって蒼士に起こされたら、口では不機嫌を装ってみせても、きっと全身全霊で待ち焦がれていたと伝えてしまう。

「明日真、こっち」

直進しようとしていた明日真を、蒼士が肩に手をかけて曲がり角へと誘導する。

密着した体温に、心拍数がきゅんと上がる。

ドキドキする瞬間って、血圧もあがるのだろうか。

だとしたら健康に悪そうだから、早くドキドキしなくなりたい。

そのうち、長年寄り添った夫婦みたいになって、こんなふうにされても平静でいられるようになるのかな。

「ん？」

じっと見上げる明日真の視線に気付いて、蒼士が訊ねてくる。

「別になんでもない」

まあドキドキするのも悪くない。

言わないけど、きっと伝わっている。

だって肩に置かれた蒼士の指先からも、いつもより早い脈が伝わってくるから。

マンネリカップルになった頃に、言ってみようかな。あの頃、俺、すごいドキドキしてたよ、って。

いや、一生言わずに終わるかもしれない。

なぜなら、マンネリ化する日なんてこないから。

「なに笑ってるんだよ」

蒼士に顔を覗き込まれて、「近い。ここ公道」と手を払いのける。

「幸せだからに決まってるだろ」

あ、言っちゃった、と思いながら、明日真はもう一回べーっと舌を出してみせた。

あとがき

こんにちは。みなさまお元気でおすごしですか。

お手に取ってくださってありがとうございます。キャラ文庫さまではかなり久しぶりの新刊なので、とても緊張しています。

自分の萌えツボについて、あまり意識して考えたことがないのですが、著者校の最中にふと、幼なじみの二人が一緒に上京するお話を以前にも書いたことがあったなと思い出しました。密かに好きな展開なのかもしれません。

イラストはサマミヤアカザ先生がご担当くださいました。美麗で透明感のあるイラストの数々、眼福の極みです。

サマミヤ先生、お忙しい中、素晴らしいイラストを本当にありがとうございました。

いろいろと落ち着かない社会状況の中ではありますが、ほんの一瞬でも物語の世界で和んでいただけましたら、とても嬉しいです。

久しぶりなので、なにか近況でもお話ししたいのですが、ステイホームの毎日で、特筆すべきことがなく……。

ちょっとした事件といえば、先日、道で転んで怪我をしてしまいました。こんな時期だからこそ、病気や怪我には充分気をつけて過ごしているつもりだったのに、家の前の歩き慣れた道で、車をよけた拍子につまずいて顔面から着地し、血まみれになるという情けない事態に……。

　幸い骨折は免れましたが、打撲と裂傷で「誰？」というくらい顔が腫れてしまったうえに、手首と足首も痛めてしまい、この本の著者校も締切を数日延ばしていただきました。（ご迷惑をおかけして、本当に申し訳ありませんでした）

　まだ痣も縫い痕も少々生々しいものの、逆にこうなってみると、以前は気になったシミとか皺はどうでもよくなっていて、悩みというのは（もちろんその重さにもよりますが）絶対的なものではないのだなと、改めて実感して、ちょっと新鮮な感動を覚えたりしています。案外ポジティブ（笑）。

　とはいえ、顔面着地はめちゃくちゃ痛いし、心身ともにダメージが大きいので、くれぐれも足元には気をつけてくださいね！

　まだしばらくは不安定な社会状況が続くかと思いますが、どうぞみなさま、お身体大切に。美味しいものを食べて、萌えをチャージして、免疫力を上げていきましょう。

　ではでは、また元気にお目にかかれますように。

この本を読んでのご意見、ご感想を編集部までお寄せください。

《あて先》〒141-8202　東京都品川区上大崎3-1-1　徳間書店　キャラ編集部気付
「きみに言えない秘密がある」係

【読者アンケートフォーム】
QRコードより作品の感想・アンケートをお送り頂けます。
Chara公式サイト http://www.chara-info.net/

■初出一覧

きみに言えない秘密がある……小説Chara vol.39(2019年1月号増刊)

きみに言いたい秘密がある……書き下ろし

Chara

きみに言えない秘密がある

【キャラ文庫】

2020年6月30日 初刷

著者 月村 奎
発行者 松下俊也
発行所 株式会社徳間書店
〒141-8202 東京都品川区上大崎3-1-1
電話 049-293-5521(販売部)
03-5403-4348(編集部)
振替 00140-0-44392

印刷・製本 図書印刷株式会社
カバー・口絵 近代美術株式会社
デザイン おおの蛍(ムシカゴグラフィクス)

ISBN978-4-19-900994-5

月村　奎の本

好評発売中

「アプローチ」

イラスト✦夏乃あゆみ

寮制の男子校に転校した智里は、スキンシップが苦手。転入前、教生に受けた強姦未遂が原因で人間不信ぎみ。そんな智里を、寮長の廉はさりげなくフォローをしてくれる。信頼も人望も厚い彼に初めは反抗的だった智里。けれど、智里の過去を知った後も廉の態度は変わらず、触れてくる彼の温もりに次第に心の傷も癒されていき…。ところが、智里の前にあの教生が突然現れ!?

キャラ文庫最新刊

旅の道づれは名もなき竜

月東 湊
イラスト✦テクノサマタ

祖国を滅ぼした敵に復讐するため、竜をも貫く剣を手に入れたシルヴィエル。すると、解放された竜が、旅に同行すると言い出し!?

きみに言えない秘密がある

月村 奎
イラスト✦サマミヤアカザ

母を亡くし、天涯孤独となった明日真(あすま)。東京へと連れ出してくれた親友の蒼士(そうし)と同居する傍ら、彼への恋心を募らせる毎日で!?

真夜中の寮に君臨せし者

夏乃穂足
イラスト✦円陣闇丸

外界から閉ざされた孤島の全寮制男子校に、期待と不安を胸に入学した瑛都(えいと)。けれどルームメイトの志季(しき)は、初対面から不愛想で!?

式神の名は、鬼③

夜光 花
イラスト✦笠井あゆみ

覚醒したばかりの伊織(いおり)が失踪してしまった!? 直前に八百比丘尼(やおびくに)が接触していたことを知り、行方を追う櫂(かい)と羅刹(らせつ)だったけれど…!?

7月新刊のお知らせ

尾上与一　イラスト✦yoco　[花降る王子の婚礼(仮)]
川琴ゆい華　イラスト✦古澤エノ　[友だちだけどキスしてみようか(仮)]
沙野風結子　イラスト✦みずかねりょう　[疵物の戀(仮)]

7/28(火)発売予定